PETITE
HISTOIRE POPULAIRE
DE LYON

PAR

Auguste BLETON

MEMBRE DE LA SOCIÉTÉ LITTÉRAIRE, HISTORIQUE
ET ARCHÉOLOGIQUE DE LYON

ILLUSTRÉ DE QUINZE GRAVURES HORS TEXTE

LYON

CH. PALUD, LIBRAIRE DE L'ACADÉMIE ET DES ÉCOLES

4, RUE DE LA BOURSE, 4

1885

PETITE

HISTOIRE POPULAIRE

DE LYON

LYON. — IMPRIMERIE PITRAT AINÉ, RUE GENTIL, 4.

HOTEL DE VILLE

PETITE
HISTOIRE POPULAIRE
DE LYON

PAR

Auguste BLETON

MEMBRE DE LA SOCIÉTÉ LITTÉRAIRE HISTORIQUE
ET ARCHÉOLOGIQUE DE LYON

ILLUSTRÉ DE QUINZE GRAVURES HORS TEXTE

LYON

CH. PALUD, LIBRAIRE DE L'ACADÉMIE ET DES ÉCOLES
4, RUE DE LA BOURSE, 4
1885

PRÉFACE

« Le Français qui connaît bien l'histoire de son pays, a dit Henri Martin, ne perdra jamais l'espérance dans les plus tristes jours. Ce peuple est doué d'un ressort incomparable, d'une puissance de rénovation qui ne s'est jamais vue à ce degré chez aucun autre peuple ».

C'est pour aider les jeunes Lyonnais à mieux connaître leur histoire que nous avons entrepris ce modeste travail. A côté des grandes annales de la patrie, il y a l'histoire de chaque cité. Certaines villes surtout, en raison de la vie propre qu'elles ont eue pendant des siècles, ont été moins mêlées au mouvement général du pays. Lyon est de ce nombre ; aussi, est-il peu de villes dont l'histoire soit moins connue.

Il en est peu, cependant, sur lesquelles on ait davantage écrit. Dès le XVIᵉ siècle, Paradin ouvrait la série des historiens de Lyon, que devaient dignement continuer les Rubys, les Ménestrier, les Colonia, les Saint-Aubin, les Poulin de Lumina ; les temps modernes ont vu paraître les travaux de Clerjon et de Montfalcon. Enfin à ces ouvrages embrassant l'ensemble des événements, il faut ajouter d'innombrables volumes qui, de Symphorien Champier à nos érudits contemporains, se sont publiés sur tel fait isolé, sur telle institution particulière.

Mais la connaissance de ces documents n'est accessible qu'au petit nombre. L'enfant de Lyon quitte le plus souvent les bancs de l'école, sans avoir une idée même générale de l'histoire de sa ville natale. L'histoire de France est à peu près muette sur ce sujet, et les compendieux travaux des écrivains Lyonnais ne s'adressent point aux écoliers.

Nous avons nous-même souffert, dans notre jeunesse, de cette absence d'un petit livre, relatant en quelques pages les principaux faits qui intéressent la cité lyonnaise et répondant à ces mille questions qui se pressent sur les lèvres de l'enfant. Soutenu par de bienveillants encouragements, nous avons tenté cette œuvre de vulgarisation.

Ce n'était pas une tâche aisée. Bien des points restent encore obscurs dans nos annales ; chaque jour amène la rectification de traditions qui, jusque-là, passaient pour acquises ; entre deux versions, l'auteur le plus impartial n'est pas toujours sûr d'avoir choisi la meilleure. Ces difficultés ne nous ont pas arrêté.

Nous avons recueilli, de bonne foi, tout ce qui peut apprendre à connaître, dans ses origines et dans son développement, l'histoire de la grande municipalité lyonnaise, tout ce qui nous révèle l'esprit et la vie de nos aïeux pendant dix-neuf siècles, tout ce qui doit nous faire aimer notre vieille cité : là est l'unique but de cette petite histoire populaire

PRÉCIS GÉOGRAPHIQUE

PHYSIONOMIE DU DÉPARTEMENT. — Le département
du Rhône, chef-lieu Lyon, est formé du Lyonnais proprement dit, du Beaujolais et du Franc-Lyonnais. Le Lyonnais
proprement dit et le Beaujolais constituaient anciennement,
avec le Forez et le Roannais, un des trente-deux gouverne-
ments, dont la capitale était Lyon. Le Franc-Lyonnais,
situé sur la rive gauche de la Saône, était une sorte de petite
république, exempte d'impôts, s'administrant elle-même, et
relevant, pour la justice seulement, de la sénéchaussée de
Lyon. Tout le pays situé sur la rive droite de la Saône et du
Rhône est très accidenté. Une chaîne de montagnes, dite
chaîne du Lyonnais, le parcourt du nord au sud. Les principaux sommets sont le mont Monnet, canton de Monsols
(1.012 mètres, au signal Saint-Rigaud), Saint-André la
Côte (937 m.), le Piéfroid, au dessus d'Yzeron (803 m.),
les Sauvages, près de Tarare (725 m.). Un rameau de
cette chaîne vient former, au nord de Lyon, le massif du
Mont-d'Or, dont le Verdun est le point culminant (625 m.).
La partie qui est située sur la rive gauche du Rhône et qui

n'est autre qu'un emprunt fait au Dauphiné, se compose d'une
plaine à deux étages ; le talus qui les sépare est connu sous
le nom de *balmes Viennoises*. Enfin la portion qui est entre
les deux rivières s'étend sur le plateau Bressan, avec de
brusques chutes de terrain vers le Rhône et la Saône.

COURS D'EAU. — La Saône baigne les trois cinquièmes
du département ; elle le côtoie d'abord, sur une longueur de
40 kilomètres ; elle y entre ensuite, un peu au-dessus de
Saint-Germain au Mont-d'Or, arrose Neuville, se dirige sur
Lyon qu'elle traverse, et se jette dans le Rhône, à 21 kilom.
en aval de son entrée dans le département. La Saône reçoit
dans ce parcours un très grand nombre de ruisseaux. Le
principal de ces affluents est la rivière d'Azergues qui,
grossie de la Brevenne (34 kilom.), la rejoint à Anse,
après un parcours de 57 kilom. Le Rhône sépare le
département qui lui doit son nom, de celui de l'Ain ; puis il
y pénètre, en face de Crépieux, et traverse la partie Est de
Lyon ; à partir d'Irigny, il longe le département jusqu'à
Condrieu, le séparant de celui de l'Isère, sur une longueur
de 34 kilom. Le Rhône reçoit à Oullins l'Yzeron
(22 kilom.), et à Givors, le Gier, qui ne fournit qu'un
parcours de 9 kilomètres, dans le département. Quelques
ruisseaux, nés sur le revers occidental des montagnes du
Lyonnais, se jettent dans la Loire. On compte plus de six
cents cours d'eau dans le département du Rhône.

CLIMATS, PRODUITS NATURELS. — Le climat du Lyonnais se caractérise par la fréquence des orages, et par la
quantité d'eau qui tombe, les jours de pluie ; aussi les ravages
par la grêle ou l'inondation y sont assez communs. Des diffé-
rences notables dans l'altitude des communes influe sur la
moyenne de la température ; elle est généralement douce sur

les bords de la Saône et sur la rive droite du Rhône, en dessous de Lyon, et assez vive dans les montagnes revêtues de
neige tout l'hiver. Lyon est souvent couvert de brouillards ;
même aux plus beaux jours d'été, il n'est pas rare qu'une
brume enveloppe la ville le matin. La température y subit de
brusques changements ; très élevée en été, elle y devient des
plus rigoureuses en hiver. Le département du Rhône est peu
boisé. On rencontre sur les hauteurs, le sapin, le pin, le chêne,
le hêtre et le châtaignier, mais la plupart des bois se composent
de taillis et de broussailles. La culture principale est celle
de la vigne. Comme production minérale, il se trouve de la
houille dans la vallée de la Brevenne, du cuivre à Chessy,
Sain-Bel, Sourcieux et Chevinay, du manganèse à Saint-Julien,
près Villefranche. Anse, Lucenay, Couzon et plusieurs communes du Mont-d'Or fournissent de belles pierres à bâtir ;
Liergues et Bully ont des carrières de marbre. Enfin, à
Charbonnières et à Bully, se trouvent des sources d'eau
ferrugineuse.

VOIES DE COMMUNICATION. — Lyon est le centre de
nombreuses voies de communication. A Vaise aboutissent les
deux routes nationales de Paris, l'une par la Bourgogne,
l'autre par le Bourbonnais. C'est à celle-ci que se rattache,
à la Demi-Lune, la route de Bordeaux. A la Mulatière s'amorce
la route de Saint-Étienne ; à la Guillotière, celles de Marseille
et de Chambéry. Enfin, à Saint-Clair, les deux routes de
Genève et de Strasbourg, réunies un peu au-dessus de Lyon.
Un réseau de voies ferrées met Lyon en rapport direct avec
Paris (deux lignes), avec Saint-Étienne (c'est le plus ancien
chemin de fer de France, 1832) avec Cette, Marseille, Grenoble, Genève, Chambéry, l'Italie et Besançon. Avec ces huit
grandes lignes, Lyon en compte plusieurs autres de moindre
importance.

PREMIERS·HABITANTS DU LYONNAIS. — Lyon, comme le département du Rhône, se trouve assis sur trois territoires qui étaient occupés, avant la conquête romaine, par des peuples différents. Le Lyonnais et le Beaujolais appartenaient aux Ségusiaves, dont la capitale était Feurs ; la partie sise entre les deux fleuves était aux Ambarres, peuple dont l'histoire est peu connue ; enfin, la rive gauche du Rhône relevait des Allobroges, dont la capitale était Cularo (depuis *Gratianopolis*, Grenoble). Les mœurs de ces peuples étaient celles des habitants de la Gaule celtique. Une partie d'entre eux s'adonnait à l'agriculture ; les Gaulois connaissaient le vin, et ce furent eux qui firent les premiers tonneaux de bois. Les Ségusiaves pratiquaient l'art du tissage, savaient extraire l'or des sables du Rhône et de certains ruisseaux, exploitaient des mines d'argent à l'Argentière et des mines de plomb à Givors et à Chasselay. De bonne heure, le Rhône et la Saône eurent une batellerie qui mit cette partie de la Gaule en rapports suivis avec Marseille et la civilisation grecque.

PETITE

HISTOIRE POPULAIRE

DE LYON

LYON SOUS L'ADMINISTRATION ROMAINE

LÉGENDES ET TRADITIONS. — Les origines de la ville
de Lyon ont été fort controversées. Il faut distinguer entre
la cité proprement dite, érigée sur les hauteurs de Fourvière, et les agglomérations qui se sont de bonne heure formées
sur les deux rives de la Saône. Certaines légendes, s'autorisant d'un passage attribué à Plutarque, supposent la venue
d'une colonie rhodienne, trois cents ans avant Jésus-Christ,
sous la conduite de deux frères, Momoros et Atépomaros.
D'autres remontent plus haut encore et attribuent la fondation
de Lyon à une colonie phénicienne. Il est certain que cette
situation, au confluent de deux fleuves, est de celles que, dès
les premiers âges, les hommes ont recherchées pour y bâtir
des villes. Mais on est autorisé à penser qu'il n'existait pas
d'établissement méritant le nom de ville, avant l'occupation

romaine ; car Jules César n'en fait aucune mention dans ses *Commentaires* sur la campagne des Gaules (58-50 av. J.-C.).

Premières origines historiques. — Toutefois, il est reconnu que, bien avant cette époque, il existait une bourgade du nom de *Condate*, à l'endroit où se faisait alors la jonction du Rhône et de la Saône. C'était un peu en avant de la colline qu'on a depuis appelée Saint-Sébastien, peut-être à la hauteur de la Grenette. Des bateliers et des marchands y avaient anciennement établi une station, et, avec le temps, il s'y créa un marché où se rendait la population des environs. Simple groupe d'entrepôts et de chantiers pour construction navale, cette station acquit de l'importance sous la domination romaine. Nous la verrons plus tard attirer à elle la cité et devenir le centre du Lyon moderne. Cependant la ville de la rive gauche de la Saône demeurera longtemps distincte de celle de la rive droite ; au moyen âge, on l'appelait encore le bourg ou faubourg de Lyon. L'origine du Condate gaulois est donc bien antérieur à la conquête des Gaules par les Romains ; il n'en est pas de même de la cité proprement dite.

Conquête des Gaules. — Une portion de la Gaule méridionale était depuis plus d'un demi-siècle soumise à la domination de Rome. Ce pays formait une province appelée Narbonnaise, du nom de Narbonne, la capitale, fondée l'an 118 avant J.-C. La Narbonnaise s'étendait, depuis le haut Rhône, sur toute la partie comprise entre le fleuve et les Alpes ; sur la rive droite du Rhône, la Narbonnaise comprenait la presque totalité des villes et territoires qui ont formé l'ancien Languedoc. Les Ségusiaves se trouvaient ainsi à l'extrême limite de la Gaule Celtique ou chevelue, restée indépendante. Ils s'étaient rattachés à la puissante confédération des Éduens, dont la capitale était Bibracte (Autun), et, comme eux, ils

étaient entrés dans l'alliance de Rome, dès l'an 121. Une rivalité séculaire séparait la confédération éduenne des Arvernes.
Aussi Vercingétorix, le héros de l'indépendance gauloise,
reçut peu d'appui des Ségusiaves et des Éduens. Ces peuples,
tout préparés pour les institutions romaines, furent donc
appelés à recueillir les premiers fruits de la conquête de
César, achevée en l'année 50 avant J.-C.

ÉTABLISSEMENT D'UN CAMP ROMAIN. — L'importance
stratégique du territoire occupé par les Ségusiaves, ne pou -
vait échapper au conquérant. Ce fut sans doute par l'ordre
même de César que Marc-Antoine, un de ses lieutenants, créa
un vaste camp sur le plateau de Craponne. Ce camp avait la
forme d'un carré allongé; il s'appuyait à l'ouest sur la chaîne
des monts Lyonnais et au nord sur le massif du Mont-d'Or ;
il s'approvisionnait d'eau par l'aqueduc souterrain de
Montroman, dont on peut suivre les traces jusqu'auprès de
Duerne, où il prenait les sources de l'Orgeole. Beaucoup de
villages de cette région ont gardé les noms des chefs des
détachements qui s'y trouvaient cantonnés : ainsi les postes
avancés de Marcilly *(Marcellus)*, Chasselay *(Cassilius)*,
Albigny *(Albinus)*, et le centre même du campement, Craponne *(Calpurnius)*. Le voisinage de cet établissement militaire dut déterminer, sur la hauteur, la formation d'une
agglomération de marchands et pourvoyeurs, premier noyau
de la future ville.

FONDATION DE LUGDUNUM. — Peu d'années après,
des troubles éclatèrent dans la colonie de Vienne sur le Rhône
(43 avant J.-C.). Une partie des habitants, tous colons romains, fut chassée par la faction victorieuse, représentant
les anciens maîtres du pays, les Allobroges. Les bannis vinrent chercher un asile auprès du gouverneur romain. C'était

alors Lucius Munatius Plancus, qui avait remplacé Marc-
Antoine dans le commandement du camp et des pays occupés.
Sur un ordre du Sénat, Plancus installa les fugitifs sur les
les hauteurs de Saint-Just et de Fourvière, à proximité du
port marchand de Condate et sous la protection du camp. La
cité nouvelle se trouvait enclavée dans le territoire des Ségusiaves, dont la capitale était Feurs *(Forum Segusiavorum)*,
mais elle n'en faisait point partie, car le sol d'une colonie
romaine était regardé comme une extension du propre territoire de Rome. Des trafiquants d'origine grecque ou orientale,
venus par le Rhône, des familles gauloises et des vétérans
des légions romaines grossirent bientôt le groupe des premiers colons. Ainsi se trouva formée, environ quarante ans
avant l'ère chrétienne, une ville qui prit le nom de *Lugu-
dunum* ou *Lugdunum*.

ÉTYMOLOGIE DU MOT LUGDUNUM. — Bien des versions
ont été données sur l'étymologie de Lugdunum. Ce nom est
commun à plusieurs cités anciennes, toutes bâties sur une
hauteur dominant un cours d'eau, comme Leyde *(Lugdunum
Batavorum)*, Laon *(Lugdunum Clavatum)* et Lons-le-
Saunier *(Lugdunum Salnerium)*. Le nom vient, selon toute
vraisemblance, de deux mots celtiques : *lug* ou *looch*, ma-
rais, lagunes, *dun*, hauteur, et par extension, forteresse, cité.

LUGDUNUM, MÉTROPOLE DES GAULES. — Lugdunum
était, de par son origine, en possession de ce qu'on appelait
le *droit italique*. C'est-à-dire que ses habitants avaient le
privilège : 1° de se donner une constitution municipale indépendante et de nommer leurs magistrats ; 2° d'être exempts
de tout impôt direct, personnel ou foncier. Lugdunum s'accrut
rapidement. Vingt et quelques années après sa fondation, il
reçut la visite d'Auguste. L'empereur y construisit un palais,

plusieurs monuments, des bains auxquels un aqueduc amena les eaux du Mont-d'Or ; il mit enfin le comble à la prospérité de la cité, en l'érigeant en métropole de la Gaule Celtique ou chevelue. La Narbonnaise, conservant son régime et ses anciennes limites, le reste de la Gaule forma trois provinces : la Lyonnaise, l'Aquitaine, et la Belgique. Sous l'habile direction d'Agrippa, ministre et gendre d'Auguste, de grandes voies relient bientôt les points extrêmes des Gaules avec la capitale et y font naître un mouvement commercial considérable. Un rocher s'avançait sur la rive droite de la Saône et en resserrait le cours. Agrippa fit couper ce massif à sa base, afin qu'on pût aisément suivre le rivage et que la navigation de la rivière fût plus libre. De là le nom de Pierre-Encise ou Pierre-Scize *(Petra incisa, Petra scissa)* qui lui est resté.

AUTEL D'AUGUSTE. — En l'an 13 avant Jésus-Christ, l'empereur fit un second séjour de trois années à Lugdunum. C'est alors qu'eut lieu la dédicace d'un autel élevé à Rome et à Auguste par les soixante nations de la Gaule. Ce monument, témoignage vrai ou feint de l'affection des pays récemment conquis par les armes romaines, ne fut point bâti dans la cité même de Lugdunum ; mais on l'érigea dans la ville gauloise du confluent. Un hémicycle était disposé pour recevoir les députés de la Gaule, à l'occasion des fêtes nationales et religieuses qui les réunissaient au mois d'août ou d'Auguste. L'autel était desservi par un collège de prêtres, fournis par les soixante nations. A leur tête était un grand prêtre ; le premier fut l'Eduen Vercundaridub, qui prit les noms latins de Caïus Julius Verecundaris. Le delta du confluent forma une sorte de territoire fédéral soumis à la juridiction exclusive des prêtres augustaux.

CONCOURS DE POÉSIE. — Rien ne marque pour Lyon le

passage de Tibère au pouvoir. Toutefois, c'est sous le règne de cet empereur que mourut empoisonné, en Orient (19 ans après J.-C.), l'illustre Germanicus, frère de Claude qui devint empereur et, comme lui, né à Lyon. Caligula, le second des successeurs d'Auguste, institua (38 ans après J.-C.) ces concours de poésie et d'éloquence fameux dans l'antiquité latine, et dont les règles impitoyables trahissent le caractère du fondateur. Le vaincu devait fournir à ses frais la récompense promise au vainqueur et chanter ses louanges. Il devait, en outre, effacer avec la langue sa propre composition, à moins qu'il ne préférât recevoir les verges devant l'autel d'Auguste ou être précipité dans la rivière qui coulait à quelques pas du tribunal. Ces règles sévères n'empêchaient nullement le nombre des concurrents d'être considérable. Mais on suppose que les lois du concours s'adoucirent avec le temps.

EXTRAVAGANCES DE CALIGULA. — A cela ne devaient point se borner les extravagances de Caligula. Il était venu dans les Gaules, avec une escorte de gladiateurs, de bouffons et de chevaux de course. Pour se procurer l'or nécessaire à ses folles prodigalités, il faisait, sous les plus futiles prétextes, mettre à mort des citoyens notables et s'emparait de leurs fortunes. Au premier jour de l'année 39, les Lyonnais virent le César romain posté à la porte du palais impérial et sollicitant les étrennes des passants. Il vendit à l'encan, sur le forum, les meubles de sa famille, faisant en personne l'office de commissaire-priseur; les plus riches habitants devaient se ruiner pour tenir les enchères. Enfin, il se persuada qu'il était dieu. Un jour que, déguisé en Jupiter, il s'avisait de rendre des oracles, un cordonnier gaulois lui rit au nez. « Que te semble de moi? lui demanda l'empereur. — Tu me sembles un bel exemple de radotage », répondit l'artisan, qui ne dut certainement la vie qu'à sa pauvreté même.

MAE RERVM... .III... CVM ILLAM COGITATIONEM H... AINV... QVA...
EQVIDEM PRIMAM MO...
MAXIME PRIMAM OCCVRSVRAM MIHI PROVIDEO DEPRECOR NE
QVASI NOVAM ISTAM REM INTRODVCI EXHORRESCATIS SED ILLA
POTIVS COGITETIS QVAM MVLTA IN HAC CIVITATE NOVATA SINT ET
QVIDEM STATIM AB ORIGINE VRBIS NOSTRAE IN QVOD FORMAS
STATVSQVE RES P NOSTRA DIDVCTA SIT
QVONDAM REGES HANC TENVERE VRBEM NEC TAMEN DOMESTICIS SVCCES
SORIBVS EAM TRADERE CONTIGIT SVPERVENERE ALIENI ET QVIDAM EXTER
NI VT NVMA ROMVLO SVCCESSERIT EX SABINIS VENIENS VICINVS QV
DEM SED TVNC EXTERNVS VT ANCO MARCIO PRISCVS TARQVINIVS
PROPTER TEMERATVM SANGVINEM QVOD PATRE DEMARATHO
RINTHIO NATVS ERAT ET TARQVINIENSI MATRE GENEROSA SED INO
VT QVAE TALI MARITO NECESSE HABVERIT SVCCVMBERE CVM DOMI RE
PELLERETVR A GERENDIS HONORIBVS POSTQVAM ROMAM MIGRAVIT
REGNVM ADEPTVS EST HVIC QVOQVE ET FILIO NEPOTI EIVS NAM ET
HOC INTER AVCTORES DISCREPAT INSERTVS SERVIVS TVLLIVS SI NOSTROS
SEQVIMVR CAPTIVA NATVS OCRESIA SI TVSCOS CAELI QVONDAM VI
VENNAE SODALIS FIDELISSIMVS OMNISQVE EIVS CASVS COMES POST
QVAM VARIA FORTVNA EXACTVS CVM OMNIBVS RELIQVIS CAELIAN
EXERCITVS ETRVRIAE EXCESSIT MONTEM CAELIVM OCCVPAVIT ET A DVCE SVO
CAELIO ITA APPELLITATVS MVTATOQVE NOMINE NAM TVSCE MASTARNA
EI NOMEN ERAT ITA APPELLATVS EST VT DIXI ET REGNVM SVMMA CVM RE
P VTILITATE OPTINVIT DEINDE POSTQVAM TARQVINI SVPERBI MORES SI
VIS CIVITATI NOSTRAE ESSE COEPERVNT QVM IPSIVS QVA FILIORVM E
NEMPE PERTAESVM EST MENTES REGNI ET AD CONSVLES ANNVOS MAGIS
TRATVS ADMINISTRATIO REI P TRANSLATA EST
QVID NVNC COMMEMOREM DICTATVRAE HOC IPSO CONSVLARI POTE
RIVM VALENTIVS REPERTVM APVD MAIORES NOSTROS QVO IN A
PERIORIBVS BELLIS AVT IN CIVILI MOTV DIFFICILIORE VTERENTVR
AVT IN AVXILIVM PLEBIS CREATOS TRIBVNOS PLEBEI QVID A CONSV
LIBVS AD DECEMVIROS TRANSLATVM IMPERIVM SOLVTOQVE POSTEA
DECEMVIRALI REGNO AD CONSVLES RVSVS REDITVM QVID...
RIS DISTRIBVTVM CONSVLARE IMPERIVM TRIBVNOSQVE MILIT
CONSVLARI IMPERIO APPELLATOS QVI SENI ET SAEPE OCTONI CREAREN
TVR QVID COMMVNICATOS POSTREMO CVM PLEBE HONORES NON IMPERI
SOLVM SED SACERDOTIORVM QVOQVE IAM SI NARREM BELLA A QVIBVS
COEPERINT MAIORES NOSTRI ET QVO PROCESSERIMVS VEREOR NE NIMIO
INSOLENTIOR ESSE VIDEAR ET QVAESISSE IACTATIONEM GLORIAE PRO
LATI IMPERI VLTRA OCEANVM SED ILLO C POTIVS REVERTAR CIVITATEM

...TEST SANE
NOV... DIVVS AV... DN... C... SE PATRVS TI
CAESAR OMNEM FLOREM VBIQVE COLONIARVM AC MVNICIPIORVM BO
NORVM SCILICET VIRORVM ET LOCVPLETIVM IN HAC CVRIA ESSE VOLVIT
QVID ERGO NON ITALICVS SENATOR PROVINCIALI POTIOR EST IAM
VOBIS CVM HANC PARTEM CENSVRAE MEAE ADPROBARE COEPERO QVID
DE EA RE SENTIAM REBVS OSTENDAM SED NE PROVINCIALES QVIDEM
SI MODO ORNARE CVRIAM POTERINT REICIENDOS PVTO
ORNATISSIMA ECCE COLONIA VALENTISSIMAQVE VIENNENSIVM QVAM
LONGO IAM TEMPORE SENATORES HVIC CVRIAE CONFERT EX QVA COLO
NIA INTER PAVCOS EQVESTRIS ORDINIS ORNAMENTVM L VESTINVM FA
MILIARISSIME DILIGO ET HODIEQVE IN REBVS MEIS DETINEO CVIVS LIBE
RI FRVANTVR QVAESO PRIMOS ACERDOTIORVM GRADV POST MODO CVM
ANNIS PROMOTVRI DIGNITATIS SVAE INCREMENTA VT DIRVM NOMEN LA
NAE BENEFICIVM CONSECVTA EST IDEM DE FRATRE EIVS POSSVM DICERE
MISERABILI QVIDEM INDIGNISSIMOQVE HOC CASV VT VOBIS VTILIS
SENATOR ESSE NON POSSIT
TEMPVS EST IAM TI CAESAR GERMANICE DETEGERE TE PATRIBVS CONSCRIPTIS
QVO TENDAT ORATIO TVA IAM ENIM AD EXTREMOS FINES GALLIAE NAR
BONENSIS VENISTI
TOT ECCE INSIGNES IVVENES QVOT INTVEOR NON MAGIS SVNT PAENITENDI
SENATORES QVAM PAENITET PERSICVM NOBILISSIMVM VIRVM AMI
CVM MEVM INTER IMAGINES MAIORVM SVORVM ALLOBROGICI NO
MEN LEGERE QVOD SI HAEC ITA ESSE CONSENTITIS QVID VLTRA DESIDERA
TIS QVAM VT VOBIS DIGITO DEMONSTREM SOLVM IPSVM VLTRA FINES
PROVINCIAE NARBONENSIS IAM VOBIS SENATORES MITTERE QVANDO
EX LVGVDVNO HABERE NOS NOSTRI ORDINIS VIROS NON PAENITET
TIMIDE QVIDEM P C EGRESSVS ADSVETOS FAMILIARESQVE VOBIS PRO
VINCIARVM TERMINOS SVM SED DESTRICTE IAM COMATAE GALLIAE
CAVSA AGENDA EST IN QVA SI QVIS HOC INTVETVR QVOD BELLO PER DE
CEM ANNOS EXERCVERVNT DIVOM IVLIVM IDEM OPPONAT CENTVM
ANNORVM IMMOBILEM FIDEM OBSEQVIVMQVE MVLTIS TREPIDIS RE
BVS NOSTRIS PLVS QVAM EXPERTVM ILLI PATRI MEO DRVSO GERMANIAM
SVBIGENTI TVTAM QVIETE SVA SECVRAM QVE A TERGO PACEM PRAES
TITERVNT ET QVIDEM CVM AD CENSVS NOVO TVM OPERE ET IN AD SVE
TO GALLIS AD BELLVM AVOCATVS ESSET QVOD OPVS QVAM AR
DVVM SIT NOBIS NVNC CVM MAXIME QVAM VIS NIHIL VLTRA QVAM
VT PVBLICE NOTAE SINT FACVLTATES NOSTRAE EX QVA VIRA TVR NIMIS
MAGNO EXPERIMENTO COGNOSCIMVS

TABLES DE CLAUDE

TABLES DE CLAUDE. — Claude, frère de Germanicus et Lyonnais de naissance, témoigna le plus grand amour pour sa ville natale. L'aqueduc qui apportait les eaux du Mont-d'Or, ne suffisait plus aux besoins d'une population toujours croissante. Claude entreprit la construction du grand aqueduc qui allait chercher les eaux du Mont-Pilat, à vingt lieues de Lyon. Quelques historiens croient que ce prince étendit le droit de cité lyonnaise aux habitants du Condate et, sans doute, à tous ceux de la rive droite de la Saône, qui commençait à se peupler. Déjà les Lyonnais étaient en possession des prérogatives des citoyens romains et pouvaient être admis au Sénat. Aussi n'est-ce pas eux que vise le discours prononcé par Claude devant le Sénat, en l'année 45, et dont une partie nous a été conservée sur les deux tables de bronze, dites *Tables claudiennes*. Dans son discours, l'empereur propose d'étendre à toute la Gaule celtique, un privilège jusqu'alors accordé à quelques cités de la seule Narbonnaise ; le droit d'entrer au Sénat fut seulement concédé aux Éduens. Quoiqu'il en soit, c'est pour perpétuer ce fait que ces tables furent placées près de l'autel d'Auguste. Elles ont été retrouvées en 1528, et constituent dit Michelet, le plus ancien monument de notre histoire nationale.

INCENDIE DE LUGDUNUM. — Lugdunum existait depuis un siècle seulement. En une nuit de l'année 58, il fut détruit de fond en comble par un incendie sans exemple et dont les causes n'ont jamais été connues. Le désastre fut tel que des écrivains ont cru qu'un tremblement de terre avait complété l'œuvre du feu. Les monuments même furent anéantis, sauf l'autel d'Auguste et l'amphithéâtre national, situés sur la rive gauche de la Saône. La ville se rebâtit rapidement et reprit sa prospérité, comme elle l'a fait chaque fois, après les sinistres de guerre ou d'inondation qui l'ont si souvent frappée.

Néron, qui régnait alors, avait envoyé 4 millions de sesterces, représentant environ 800.000 francs de notre monnaie, pour aider à la reconstruction de Lugdunum.

RIVALITÉ ENTRE LYON ET VIENNE. — Les Lyonnais demeurèrent fidèles à leur bienfaiteur et refusèrent de s'asso - cier au mouvement qui souleva une portion de la Gaule en faveur de Galba. C'était une raison pour que Vienne se déclarât contre Néron. Car, si les descendants des Viennois expulsés, et recueillis par Plancus, avaient gardé un ressen - timent contre leur patrie d'origine, Vienne ne voyait pas sans dépit la prospérité croissante de sa rivale. Cette animosité réciproque se trahissait dans les rapports journaliers de la population marinière des deux cités ; elle prit les proportions d'une lutte mortelle pendant les troubles qui ensanglantèrent cette époque. Enfin, Vespasien ayant rétabli l'ordre dans l'empire, un traité de paix qui, depuis, ne fut jamais rompu, est signé en l'an 69, grâce à l'intervention des Marseillais. Un tribunal mixte est chargé de juger les différends qui se produiront à propos de la navigation. Il est aussi convenu que chaque fois qu'un habitant de l'une des deux villes ira se fixer dans l'autre, il y jouira du droit de cité.

TRAJAN ET ANTONIN. — Alors commence pour Lyon une ère de paix et de prospérité, qui se continuera jusqu'à la fin du premier siècle et pendant près de cent années encore. Au commencement du deuxième siècle, Trajan fait construire sur le sommet de Fourvière, le forum qui s'est appelé de son nom, *Forum de Trajan*. Il en subsistait encore de notables parties sous Charles-le-Chauve. Cinquante ans après, un temple est élevé à Antonin sur la rive droite de la Saône, à l'endroit occupé depuis par l'église primatiale de Saint -Jean. Ce temple fut aussi dédié plus tard à Marc-

Aurèle et Lucius Verus, et s'appela l'*Autel des Césars*.
Antonin étant tombé malade en 160, les Lyonnais qui affec-
tionnaient beaucoup ce prince, firent accomplir, pour sa
guérison, le sacrifice appelé taurobole : un prêtre, prosterné
au fond d'une fosse, recevait sur toute sa personne le sang
d'un taureau immolé au-dessus de lui. Le monument commé-
moratif de cette cérémonie est venu jusqu'à nous.

LE CHRISTIANISME A LYON. — C'est sous le règne
d'Antonin (138-161), que se place non pas l'introduction
du christianisme, mais l'arrivée des premiers ministres de
l'Évangile à Lyon. La métropole des Gaules avait une
population très mêlée ; les Grecs et les Asiates y étaient en
grand nombre, et parmi eux les chrétiens ne devaient pas
être rares. Les membres de la communauté chrétienne deman-
dèrent donc des ministres à leurs frères de Smyrne. L'évêque
de cette ville, Polycarpe, disciple immédiat de saint Jean
l'Évangéliste, envoya Pothin ou Photin, un de ses disciples ;
il lui adjoignit plus tard Irénée. Ainsi la Gaule, selon l'obser-
vation d'Henri Martin, recevait ses premiers apôtres de
l'Orient, comme elle en avait reçu les premiers rudiments
de la civilisation. Plusieurs églises ont voulu contester sa
priorité à l'église de Lyon, mais aucune ne fournit de preuve
authentique d'une origine plus ancienne, et Lyon reste, de
par l'histoire, la première église des Gaules.

PROGRÈS DE L'ÉVANGILE. — Le Christianisme fit de
rapides progrès, car l'esprit lyonnais, mélange du mysti-
cisme élevé des Gaulois et du génie chercheur des Grecs,
était particulièrement propre à recevoir la nouvelle doctrine
apportée au monde. De plus, en raison même de l'origine de
leur cité, les habitants n'avaient d'autre culte national et
officiel que celui des Césars. Les lois romaines autorisant la

formation d'associations, corporations ou confréries, les primitives églises pouvaient se réunir et se recruter sans éveiller, d'abord, trop de défiances. Aussi, l'église lyonnaise comptait des fidèles dans tous les rangs de la société, lorsque, moins de quarante ans après sa fondation, l'édit de Marc-Aurèle (177) vint troubler la paix des chrétiens.

POURSUITES CONTRE LES CHRÉTIENS. — Ce qui rendait les chrétiens suspects aux yeux du pouvoir établi, ce n'était pas précisément le culte qu'ils professaient ni les mystères qu'ils célébraient: Rome reconnaissait toutes les divinités, et certaines d'entre elles, comme Isis, avaient leurs mystères et leurs initiations. Mais l'orgueil des patriciens ne pouvait accepter certaines doctrines du christianisme, particulièrement celle de l'égalité des hommes devant Dieu. En outre, le culte officiel était tellement lié aux moindres actes de la vie publique, qu'il était difficile aux fidèles de n'être point, tôt ou tard, reconnus, et mis en demeure de participer à des rites que réprouvait leur conscience. Dénoncés par des fanatiques, trahis par leurs serviteurs, les chrétiens lyonnais sont poursuivis par la foule, dans les rues, sur le forum, dans les bains publics. Enfin, quarante-huit d'entre eux sont arrêtés et conduits devant les juges, sous l'accusation de crimes monstrueux. Un jeune citoyen, Vettius Epagathus, ne pouvant contenir son indignation, voulut défendre ses frères; reconnu comme chrétien, il fut mis en prison avec les accusés. L'évêque avait d'abord réussi à se dérober, mais il fut découvert et amené au tribunal. Devant l'orage, le troupeau se dispersa, et une partie des fidèles alla porter la foi nouvelle dans les villes d'Autun, Chalon-sur-Saône et Langres, toutes filles de l'église de Lyon.

MARTYRE DE 48 CHRÉTIENS. — Cependant les prisonniers avaient été mis à la torture. Pothin, âgé de plus de quatre-vingt-dix ans, avait été tellement maltraité par la populace et par les gardes qu'il mourut dans son cachot ; le diacre Sanctus et Maturus subirent les plus cruels supplices, sans qu'on pût leur arracher une plainte ; les autres captifs furent réservés pour figurer aux jeux du mois d'août. D'ailleurs, comme le plus grand nombre d'entre eux avait la qualité de citoyens romains, le gouverneur Sextus Ligurius Marinus voulut en référer à l'empereur. Pour la honte éternelle de Marc-Aurèle, la sentence de mort ne se fit pas attendre. Dix-huit des condamnés avaient succombé en prison. Onze des survivants, citoyens romains, et treize dames appartenant aux plus hautes familles eurent la tête tranchée. Un médecin phrygien, Alexandre, et le noble Attale de Pergame, celui-ci malgré sa qualité de citoyen, furent exposés aux bêtes et torturés par le feu. Enfin l'esclave Blandine et le jeune Ponticus, âgé de quinze ans, parurent dans l'amphithéâtre. Après avoir été battue de verges, exposée aux lions, livrée à un taureau furieux, Blandine tomba la dernière sous le glaive du bourreau.

LIEU DU MARTYRE. — L'histoire de ces martyrs nous a été fidèlement conservée, avec tous ses détails et avec tous les noms, dans une lettre en langue grecque, adressée par les fidèles de Lyon et de Vienne aux églises d'Asie et de Phrygie. Malheureusement, aucun passage de ce précieux document ne permet de préciser l'endroit où s'accomplit le martyre. La destruction des monuments qui en furent témoins a sans doute empêché nos aïeux de perpétuer par un signe le souvenir de ces événements. L'historien Grégoire de Tours, venu à Lyon moins de quatre cents ans après, ne possède déjà aucune donnée bien nette sur les lieux. Toutefois, la tradition populaire a toujours placé les scènes du martyre à

Saint-Just. Mais, suivant une autre hypothèse, la mise à la question des prisonniers et la mort de Sanctus et de son compagnon auraient eu lieu sur le forum. Ce serait dans l'amphithéâtre situé vers l'autel d'Auguste, que Blandine et les autres chrétiens auraient été mis à mort.

PREMIER CONCILE DE LYON. — L'Église de Lyon, sous Irénée, se reconstitua plus vivante qu'auparavant, et n'eut point à souffrir durant tout le règne de Commode (180-193). Saint Irénée est un des plus grands docteurs de l'Eglise. Il a laissé un traité sur la *Fausse science*, que la théologie classe parmi les plus précieux écrits après ceux des apôtres. Ses grandes actions et les heureux succès de son apostolat font que l'église de Lyon l'honore comme son fondateur et son patron. En 190, il réunit à Lyon un concile où figurent des évêques de la région. Il s'agissait de déterminer quel jour se célébrerait la fête de Pâques ; car les Grecs et les Latins étaient en désaccord, les uns célébrant la fête le quatorzième jour après la lune de mars, les autres le dimanche suivant. Irénée réussit à faire accepter le dimanche et à rétablir la paix dans l'église universelle, alors gouvernée par le pape Victor.

LUTTE ENTRE ALBIN ET SÉVÈRE. — A Commode avait succédé Pertinax dont le court règne fut suivi d'une lutte entre trois prétendants : Niger qui commandait en Orient, Albin dans les Gaules, et Septime Sévère en Pannonie. Après avoir terrassé Niger, Sévère remonte la vallée du Danube et traverse l'Helvétie, pour couper la route à son autre rival qui, de la Bretagne, se dirigeait sur Rome ; Albin venait de prendre possession de Lyon. La rencontre des deux armées, une des plus terribles qu'ait enregistrées l'histoire, eut lieu le 19 juin 197. Ce fut sur le plateau bressan, suivant la tradition la plus répandue, ou dans le rayon du Mont-d'Or, selon d'autres historiens. Il n'est pas impossible que l'action se soit étendue sur les deux rives de la Saône, puisque trois cent mille hommes combattirent tout le jour. Albin sembla d'abord l'emporter, mais la victoire resta enfin à Sévère, et le malheureux Albin qui s'était frappé de sa propre épée, fut jeté expirant sous les pieds du cheval de son vainqueur.

LYON PUNI PAR SÉVÈRE. — Lyon s'était déclaré pour Albin. La vengeance de Sévère fut implacable : la ville fut mise au pillage, une partie des habitants égorgés, leurs maisons incendiées et la plupart des édifices rasés ; l'herbe, disent les historiens, poussa sur l'emplacement des palais. L'autel d'Auguste et ses dépendances, ayant un caractère fédéral plutôt que lyonnais, furent épargnés ; mais leurs destinées brillantes touchaient à leur fin. Lyon, grâce à sa situation exceptionnelle, ne pouvait disparaître. Il n'en était pas moins complètement ruiné pour plusieurs générations, et, à partir de ce temps, son titre de métropole deviendra de plus en plus nominal. D'ailleurs, la nécessité de défendre l'empire contre les incursions barbares forcera bientôt les préfets à transférer le siège de leur commandement, plus près des frontières du Rhin.

MASSACRE DES CHRÉTIENS. — Terrorisés par le châtiment sanglant qui leur avait été infligé, les Lyonnais relevaient leur ville avec peine et cherchaient à regagner la bienveillance de l'empereur régnant. En 202, on célébrait les *décennales* ou dixième anniversaire de l'avènement de Septime Sévère. Les chrétiens refusèrent de placer, suivant l'usage des guirlandes et des lampes allumées devant leurs maisons, et de s'associer aux sacrifices offerts par la municipalité. Il

n'en fallut pas davantage pour ameuter la foule contre eux.
Cette fois, aucun jugement n'intervint, aucune forme légale
n'accompagna les exécutions. On força les chrétiens dans
leurs maisons et on en fit un épouvantable carnage, dans
lequel durent se donner carrière bien des ressentiments et des
haines de partis. Dix-neuf mille victimes succombèrent dans
cette tuerie qui ensanglanta les eaux des deux fleuves, et
dont la tradition ne s'est jamais effacée de l'esprit populaire.

L'ÉGLISE DE LYON SE RECONSTITUE. — On croit généralement que l'évêque Irénée périt dans le massacre ; il semblait que cette fois, la communauté chrétienne fût à jamais
anéantie. Mais quelques rares fidèles échappés à la mort
s'étaient réfugiés à l'Ile-Barbe. Cette île *(Insula Barbara)*
était ainsi nommée parce que, à l'époque de l'occupation de
la contrée par les Romains, des colonnes militaires ayant été
échelonnées tout le long du rivage de la Saône, une légion
gauloise avait été cantonnée à cet endroit. La tempête s'étant
peu à peu apaisée, Zacharie qui avait pris la direction des
fidèles, osa reparaître dans Lyon. De nouveaux chrétiens
grossirent bientôt son troupeau. Lyon, déchu de son rôle
politique, n'en gardera pas moins une suprématie morale
incontestée et restera la métropole religieuse des Gaules.

LYON AU IIIᵉ SIÈCLE. — Pendant ce siècle et le suivant,
la vie de Lyon est assez obscure, et son histoire offre peu de
faits à relever. Bassianus Caracalla, fils de Sévère et né à
Lyon, étendit le droit de cité romaine (212) à tous les alliés
et sujets de Rome, mais il ne paraît pas s'être souvenu de sa
ville natale et avoir rien fait pour relever sa splendeur
passée. En 274, Lyon est encore une fois pillé par les soldats
de l'empereur Aurélien. L'empereur venait de battre à
Châlons-sur-Marne son rival Tétricus, et peut-être Lyon

avait-il commis la faute de lui fermer ses portes. Car cette ville semble avoir été, depuis Albin, le foyer d'un parti hostile à l'unité de l'empire. On la voit toujours prête à soutenir les prétendants qui veulent s'ériger en souverains indépendants dans la Gaule. Sous Dioclétien (284) le nombre des provinces gauloises ayant été porté à neuf, la Lyonnaise fut partagée en Lyonnaise première et seconde. Au siècle suivant, le nombre des provinces sera de dix-sept, et il y aura quatre Lyonnaises, ayant pour capitales : Lyon, Rouen, Sens et Tours.

LYON AU IVᵉ SIÈCLE. — Le quatrième siècle s'ouvre par la terrible persécution de Dioclétien (303). Les chrétiens de Lyon n'eurent point à en souffrir. Constance Chlore qui commandait en Gaule, se borna à faire fermer les églises et à interdire les réunions. Bientôt son fils, le grand Constantin, viendra rendre libre enfin l'exercice de la religion chrétienne et clore l'ère des persécutions (312). Le tyran Magnence, deux fois vaincu par Constance, se réfugie à Lyon, en 353, et s'y donne la mort. Quelques années après, une peuplade de Germains, des Lètes, réussit à passer entre les deux corps d'armée de Reims et de Bâle, et pénètre au cœur de la Gaule. De nouveau, Lyon va être mis à sac et à feu, quand l'empereur Julien surprend les barbares et les met en pièces (357). Ces Germains n'étaient que l'avant-garde des innombrables envahisseurs qui allaient bientôt forcer la frontière du Rhin et mettre fin à la domination romaine dans les Gaules.

TOPOGRAPHIE DE LYON PENDANT LA PÉRIODE RO-MAINE. — Les premiers habitants de Lugdunum s'étaient établis sur le versant occidental des hauteurs, désignées plus tard sous les noms de pic ou *puy de Fourvière*, et de *puy*

d'*Ainay*, aujourd'hui Saint-Just. Les limites de l'ancienne
cité sont à peu près déterminées par l'enceinte qui ferme Lyon
de ce côté. De bonne heure, la ville s'étendit sur les pentes
qui regardent la Saône. Il est certain que, dès le premier
siècle, le rivage était occupé par une population de mariniers
et de marchands. D'ailleurs, ce quartier de la ville est resté
le centre du négoce lyonnais jusqu'au quinzième siècle. Enfin
le bourg de Condate et ses dépendances furent probablement
annexés à Lugdunum, après que le droit de cité romaine eût
été étendu à tous les sujets libres de l'empire. La partie
comprise entre les deux fleuves était coupée par des canaux
et formait plusieurs îles, toutes habitées, ainsi que l'attestent
les nombreuses découvertes qui s'y sont faites ; une de ces
îles, située en face du puy d'Ainay, en a pris le nom. Rien
ne témoigne de l'existence d'un pont de pierre sur la Saône.
On communiquait probablement d'une rive à l'autre, au
moyen de passerelles de bois, dont l'établissement était rendu
facile par la présence de roches à fleur d'eau, à plusieurs
endroits.

Voies romaines. — Comme à Rome, un milliaire d'or
marquait à Lyon le centre des quatre principales voies de la
Gaule : 1° la voie de la Narbonnaise partait de la porte de
Trion et, longeant le coteau de Sainte-Foy, descendait vers
le Midi ; un embranchement suivait la rive gauche du Rhône,
pour rejoindre à Vienne ; 2° la voie d'Aquitaine, actuellement
représentée par la rue de Trion, se dirigeait par le Point du
Jour, sur Grézieux et Saint-Bonnet-le-Froid ; elle resta, jusqu'à la fin du siècle dernier, la grande route de Bordeaux ; à
quelques endroits on retrouve des traces du pavage antique ;
3° la voie de l'Océan ou du Nord, se séparant de la voie
d'Aquitaine, descendait à Vaise, gagnait Mâcon et Autun, et
se prolongeait jusqu'à Boulogne *(Gessoriacum)* ; 4° la voie

RUINES DES AQUEDUCS (BEAUNANT)

du Rhin, amorcée au bourg de Condate, remontait vers le
Jura ; ce tracé était encore, il y a moins d'un siècle, celui de la
route de Strasbourg qui empruntait la grande rue de la Croix-
Rousse. Ces voies étaient, au sortir de la ville, bordées de
tombeaux, la loi romaine ne permettant pas d'inhumer dans
les cités. De distance en distance, le voyageur trouvait des
relais de poste, ainsi que des hôtelleries *(mansiones)*. Un
grand nombre de ces stations se sont perpétuées pendant le
moyen âge, sous forme d'hôpitaux pour les malades et les
pèlerins.

AQUEDUCS. — L'eau, dont la civilisation romaine faisait
un si grand emploi, était apportée à la colonie par trois
aqueducs. Le premier en date doit être celui de Montroman
(Mons romanus) ou de Craponne, qui fournissait spécialement aux besoins des huit légions établies par Marc-Antoine ;
il est entièrement souterrain. L'aqueduc du Mont-d'Or pourvut
d'abord à la consommation de la ville naissante ; on en voit
encore quelques arceaux à la Demi-Lune. Enfin, le grand
aqueduc de Claude amena du Mont-Pilat à Lyon une véritable
rivière, au moyen d'une chaîne de canaux couvrant une
longueur de 84 kilomètres et traversant quatre vallées. Il
en reste des parties remarquables, à Soucieu en Jarret, à
Beaunant et sur les hauteurs de Saint-Irénée et de Fourvière.
Les arches, construites en ciment, sont revêtues de pierres
disposées en lozange et alternant avec des rangées de
briques.

MONUMENTS CIVILS. — Les premiers monuments construits dans Lugdunum furent certainement le *prétoire* où le
gouverneur rendait la justice et le *forum* qui servait à la
fois de marché et de lieu pour les réunions publiques. Le
forum, reconstruit par Trajan, se trouvait sur le point ex-

trême du plateau de Fourvière, qui a tiré son nom des ruines de cet édifice : *Podium fori veteris*, puy de *For vièdre*, Fourvière. Quant au gouverneur, il siégeait dans le pâlais impérial bâti par Auguste et habité par plusieurs de ses successeurs. Cette résidence occupait l'emplacement de l'hospice de l'Antiquaille ; c'est là que l'on montre le cachot où mourut saint Pothin, après l'interrogatoire qu'il subit. Dans toute cité, il y avait un théâtre pour les représentations scéniques et un amphithéâtre ou des arènes pour les jeux. Les substructions qu'on voit derrière l'ancien couvent des Minimes proviennent certainement d'un théâtre. Pour les arènes, toute trace en a disparu. Elles s'élevaient selon toute probabilité, à l'endroit où est le grand séminaire ; détruites par l'armée de Sévère, elles n'ont jamais été relevées. Il se trouvait un second amphithéâtre dans la ville gauloise, sur l'emplacement occupé par l'ancien Jardin des Plantes. Ces arènes, suivant le dire de quelques historiens, auraient été rasées par Charles-Martel afin qu'elles ne pussent être converties en forteresse, à l'exemple de celles de Nîmes et d'Arles. Plus tard, elles devinrent, comme le forum, une véritable carrière de pierres toutes préparées pour les constructions publiques et privées. On peut citer encore, comme monuments de l'époque romaine, les citernes qui sont en haut de la montée du Gourguillon, dans le jardin du grand séminaire, et les tombeaux découverts place de Trion.

TEMPLES. — Chacune des nationalités représentées à Lyon y avait certainement apporté ses dieux et son culte. Le Mercure gaulois et la déesse Isis avaient leurs sanctuaires, mais le temple d'Auguste et celui des Antonins sont les seuls qui aient mérité une mention des auteurs latins. Dans le procès des chrétiens, il n'est pas parlé d'autre divinité que de celle des Césars, dont le culte était imposé à tous par la loi. Aux carrefours et aux angles des rues, se trouvaient des laraires de l'empereur : sorte de petits sanctuaires où s'élevait la statue du César régnant, et que le christianisme remplaça par des oratoires. Nous savons peu de chose du temple des Antonins, auquel l'église Saint-Jean a peut-être emprunté ses fondements. Quant à l'autel d'Auguste, il s'élevait, selon toutes vraisemblances, sur la partie du côteau où l'église Saint-Polycarpe a été construite depuis. Cet autel, avec l'hémicycle destiné aux députés de la Gaule, le logement des prêtres et les autres dépendances, formait ce qu'on appelait le temple d'Auguste. Toutes les avenues qui y conduisaient étaient ornées de statues et de monuments. Sur les côtés de l'autel, se dressaient deux hautes colonnes de granit surmontées de victoires ailées. Ces colonnes, formées chacune de deux tronçons, sont les mêmes qui supportent aujourd'hui la coupole de l'église d'Ainay. L'hémicycle était ceint d'un portique, au-dessus duquel étaient placées soixante statues personnifiant les soixante peuples de la Gaule. Le tout fut détruit de fond en comble par les chrétiens, à l'avènement de Constantin.

PREMIERS ÉDIFICES CHRÉTIENS. — Les quatre premiers siècles ne nous ont laissé aucun monument consacré par la religion chrétienne. Mais deux traditions, qui n'ont rien de contradictoire, veulent que les premiers fidèles aient tenu leurs réunions dans deux cryptes qui existent encore : l'une sise hors de la porte de Trion, l'autre dans les bois du confluent. Au-dessus de la première, s'éleva un oratoire qui serait notre église Saint-Irénée ; au-dessus de la seconde, on a bâti l'église des Saints-Apôtres qui, en faisant place à un nouvel édifice, a changé de nom et pris celui de Saint-Nizier. Le monastère d'Ainay fut établi par Badulphe, vers la fin du troisième siècle, mais il ne reste aucun vestige des pre-

mières constructions. La fondation du sanctuaire des Machabées, dont il est souvent parlé dans l'histoire de Lyon,
est également très ancienne, puisque saint Just, évêque de
Lyon, mort en 390 dans les déserts de la Thébaïde, y fut
inhumé. Cette basilique s'élevait sur le plateau de Saint-
Irénée, au point de jonction de la rue de Trion et de la rue
des Machabées.

HABITATIONS PARTICULIÈRES. — Les maisons des
particuliers étaient fort modestes : un rez-de-chaussée ser-
vant de boutique, le plus souvent avec une seule ouverture
donnant sur la rue et une petite cour par derrière ; au-dessus, un simple étage où logeait la famille. Dans les anciens
quartiers, il existe encore des maisons modernes ne compor-
tant, malgré leurs quatre étages, qu'une fenêtre ou deux dé
façade. Ces constructions occupent certainement des empla-
cements dont les limites n'ont pas varié depuis l'origine de la
ville. Les habitations lyonnaises ont, jusqu'à ces derniers
temps, conservé leur caractère italique : rez-de-chaussée
voûté, toitures à deux pentes, faisant saillie sur la façade et
couvertes de tuiles creuses ; l'exiguïté des cours est restée un
trait distinctif des maisons lyonnaises. Les patriciens avaient
des résidences luxueusement installées. Sur divers points,
on a découvert dans le sol des salles de bains, des pavages en
mosaïque, des marbres ouvrés. La campagne était couverte
de villas, et la région du Mont-d'Or qui semble avoir été
plus particulièrement recherchée par les grandes familles,
garde encore, par ses constructions, la physionomie des
campagnes de Rome.

BEAUX-ARTS, AMEUBLEMENTS. — Un grand nombre
d'autels, de tombeaux, d'objets d'art et d'ustensiles, provenant du Lugdunum antique, sont conservés au Musée de la

ville de Lyon. Il faut notamment citer les Tables de Claude, découvertes en 1528, sur l'emplacement de la rue du Commerce, au chevet de l'église Saint-Polycarpe ; des fragments de l'autel d'Auguste portant l'inscription : *Romæ et Augusto*, et des matériaux de l'amphithéâtre trouvés dans l'ancien Jardin des Plantes ; puis les objets suivants, parmi les plus remarquables :

Le taurobole d'Antonin, trouvé en 1704, sur le côteau de Fourvière ; plusieurs sarcophages en marbre blanc, dont un sur lequel est figuré le retour de Bacchus après la conquête de l'Inde (1824, Saint-Irénée), un autre représentant le triomphe de Bacchus, le mariage d'Ariadne et le cortège de Silène (1870, route de Marseille) ; un masque funèbre, découvert aux Massues ;

Une statue de Jupiter, en bronze (1859, entre le pont de l'Hôtel-Dieu et celui de la Guillotière) ; plusieurs statuettes, en bronze : Diane chasseresse, et Mercure (1813, couvent de l'Annonciade, aujourd'hui des Sœurs Saint-Charles), Tutela, déesse protectrice de la cité (1846, fort de Loyasse), Victoire ailée (1866, pont du Midi) ; des fragments d'une statue qui ne devait pas avoir moins de treize à quatorze mètres de hauteur (1847, au bas de l'impasse Gonin) ; plusieurs fragments de jambes de cheval, trouvés en divers endroits et provenant de statues équestres monumentales (1766, Ainay ; 1798 aux Bernardines ; 1836 rive gauche de la Saône) ; un aviron de bronze, qui appartenait sans doute à une statue de la Fortune (1823, Jardin des Plantes); des mosaïques représentant les jeux du Cirque (1806, rue de Jarente), un combat entre l'Amour et le dieu Pan (1670, montée du Gourguillon), des Poissons (1843, rue de Jarente), l'Été et l'Automne (1820, place Sathonay) ;

Des monnaies à l'effigie de tous les empereurs, depuis l'an 41 avant J.-C. ; un coin de fer à frapper la monnaie, à

l'effigie de Faustine, femme de Marc-Aurèle (1857, Fourvière); une collection de bijoux, composée de vingt-deux
pièces, plus une médaille d'or à l'effigie de Commode (1841,
ancien clos des Lazaristes); des bracelets d'or (1871, Ville-
sur-Jarnioux, Rhône);

Des urnes cinéraires, des ampoules à parfums, de nombreux ustensiles de bronze et de fer, des poteries, des moulins où le blé se broyait à la main, des tonneaux de terre,
auxquels on peut ajouter, bien que n'ayant pas été trouvés à
Lyon : un brasier ou foyer portatif en bronze (1839, Vienne),
et un siège à deux places (1848, près de Bourgoin).

INDUSTRIE, COMMERCE. — Lyon fut longtemps le centre
de la fabrication des monnaies impériales dans les Gaules.
Il se trouvait l'entrepôt obligé des marchandises pour toute la
région de l'Ouest et du Nord; aussi l'importante corporation
des *nautes* ou mariniers tenait-elle une place considérable
parmi toutes les autres. Les inscriptions tumulaires énoncent
un grand nombre de professions, dont plusieurs font pré-
sumer d'une industrie locale très étendue : orfèvres, brodeurs,
verriers, potiers, toiliers, copistes, libraires, charpentiers,
marchands de vin ou de comestibles, etc. Les membres de ces
diverses professions formaient entre eux des associations.
Chaque collège avait son patron, personnage influent qui
prenait la corporation sous sa tutelle. Les artisans y trouvaient protection et assistance. Une caisse commune était
alimentée par des dons et des legs, et certains de ces collèges
possédaient même des terres et des esclaves.

ÉCOLES, BELLES-LETTRES. — Lyon avait des écoles
où l'on enseignait l'éloquence, la poésie, la philosophie et les
sciences. Les concours de poésie annuels y attiraient un
nombre considérable d'écrivains. A part saint Irénée qui a

laissé, en grec, des œuvres remarquables, même au point de vue littéraire, l'histoire ne nous a conservé qu'un nom de littérateur lyonnais, celui de Syagrius. Secrétaire de l'empereur Valentinien en 369, il échoua dans une mission sur le Rhin. Exilé à Lyon, il cultiva les lettres latines et composa d'excellents vers. Grâce au poète Ausone, son ami, Syagrius rentra en faveur ; préfet trois fois, il devint consul en 382. Rome lui éleva une statue ; son tombeau existait encore à Lyon, près de la voie d'Aquitaine, au temps de Sidoine Apollinaire, son petit-neveu.

INSTITUTIONS MUNICIPALES. — De nombreux fonctionnaires impériaux, préfet, gouverneur, maîtres des monnaies, agents du fisc, résidaient à Lugdunum, avec tout le cortège d'employés que nécessite une grande administration. Par une exception dont on ne cite pas d'autre exemple, une cohorte du prétoire restait détachée en permanence dans la métropole des Gaules. D'ailleurs, le représentant de l'empereur avait, comme à Rome, la haute autorité, malgré les privilèges que la cité tenait de sa constitution. A la tête des magistrats municipaux étaient les *Duumvirs* dont les fonctions étaient celles des consuls à Rome, mais qui, suivant l'usage constamment suivi dans les colonies, ne portèrent jamais ce titre. Au dessous des duumvirs siégeait la Curie ou conseil des *Décurions*, véritable conseil municipal qui administrait les finances de la ville et devait pourvoir aux travaux de voirie et à l'entretien des édifices publics, c'était ce conseil qui désignait le *Patron de la cité*, personnage chargé de représenter à Rome les intérêts de Lugdunum. Plusieurs corps de fonctionnaires, avec attributions spéciales, complétaient cette organisation ; ainsi : les *Sevirs augustaux* préposés d'abord à l'entretien des laraires de l'empereur et plus tard au service des subsistances. Les décurions portaient, comme

les sénateurs romains, la robe bordée de pourpre. Ces fonctions, d'abord très recherchées, furent rendues héréditaires,
vers la fin de l'empire. Mais alors, c'était à qui des citoyens
s'y déroberait, parce que les membres de la curie devenaient
responsables, envers le fisc impérial, de la totalité des impôts
de la cité.

Mœurs, état social. — L'état social antique ayant
pour base l'esclavage et le mépris de la personnalité humaine,
engendrait le sensualisme chez les riches, l'abjection chez
les pauvres, la dépravation chez tous. Ces tristes sentiments
trouvaient leur suprême manifestation dans les jeux de l'amphithéâtre. Tout contribuait à rapprocher les mœurs lyonnaises de celles de Rome : la similitude des lois, la présence
continue des hauts fonctionnaires et jusqu'aux fréquents
séjours des empereurs. Toutefois, des écrits mêmes des
auteurs contemporains, on est autorisé à conclure que Lyon
subit aussi peu que possible la licence inhérente à toute
grande ville. Des habitudes laborieuses gardèrent sans doute
la population de ce relâchement de mœurs qu'engendrent la
richesse et le contact de nombreux étrangers. Un fait particulier, c'est l'éclosion, pour ainsi dire, spontanée du christianisme
à Lyon. Contrairement à ce qui se passe ailleurs, ce ne sont
point les apôtres qui apportent la doctrine nouvelle, mais bien
les fidèles qui appellent à eux les ministres de l'Évangile.

Langue, esprit général. — Le latin, le grec et le
gaulois étaient également parlés, et saint Irénée prêchait dans
ces trois langues. A en juger par les noms que nous pré-
sentent les annales religieuses et les inscriptions funéraires,
l'élément grec a joué un grand rôle dans les origines
lyonnaises. Aussi la langue grecque fut-elle lente à disparaître
devant le latin ; on prêchait encore en grec au quatrième siècle.

Mais si la langue disparut, l'esprit et les traditions helléniques persistèrent. A travers les catastrophes qui marquent la fin de l'empire romain, durant les siècles troublés du moyen âge et jusqu'à nos jours, l'église de Lyon a gardé sa marque originelle. De même, la cité n'a jamais volontairement renoncé à l'organisation municipale qu'elle devait aux Romains. L'attachement des Lyonnais à cette double tradition est le trait caractéristique de leur histoire.

TABLEAU SYNCHRONIQUE
DES EMPEREURS ET DES ÉVÊQUES
Pendant la période romaine

EMPEREURS

Auguste.	29 ar. J.C. 14 ap.	Vitellius.	69
Tibère.	14– 37	Vespasien.	69– 79
Caligula.	37– 41	Titus.	79– 81
Claude.	41– 55	Domitien.	81– 96
Néron.	55– 68	Nerva.	96– 98
Galba.	68– 69	Trajan.	98–117
Othon.	69	Adrien.	117–138

EMPEREURS		ÉVÊQUES	
Antonin.	138–161	Pothin (St).	vers 140
Marc-Aurèle.	161–180	Irénée (St).	vers 177
Commode.	180–192		
Pertinax.	192–193		
Septime-Sévère.	193–211	Zacharie (St).	vers 202
Caracalla.	211–217		
Macrin.	217–218		

EMPEREURS		ÉVÊQUES	
Héliogabale	218–222		
Alexandre-Sévère	222–235		
Maximin	235–238		
Gordien	238–244		
Philippe	244–249	Hélie (St)	vers 245
Décius	249–251		
Gallus	251–253		
Emilien	253		
Valérien	253–260	Faustinus	vers 255
Gallien	260–268		
Claude II	268–270	Verus	vers 270
Aurélien	270–275		
Tacite	276	Julius	» »
Probus	276–282		
Carus	282–283	Ptolemeus	» »
Carin et Numérien	283–285		
Dioclétien	285–305	Vocius	vers 314
Constantin	306–337	Maximus	» »
Constance	337–360	Tetradius	» »
Julien	360–363	Verus II	vers 347
Jovien	363–364		

EMPEREURS D'OCCIDENT

Valentinien	364–375	Just (St)	vers 374–390
Gratien	375–383		
Valentinien II	383–392	Albin (St)	vers 390
Théodose	392–395	Martin (St)	vers 400
Honorius	395–421	Antioche (St)	vers 420

II

LES ROIS BURGONDES ET LES MÉROVINGIENS

DÉMEMBREMENT DE LA GAULE. — La domination des Romains dans la Gaule durait depuis environ cinq cents ans. Bien loin de perdre son unité, la Gaule l'avait vue se consolider, et même elle s'était constituée une sorte de vie nationale. Mais, lorsque viendra le démembrement de l'empire romain, occupée au midi par les Wisigoths, à l'est par les Burgondes, au nord par les Franks, la terre gauloise formera plusieurs états. Il faudra douze siècles à la France nouvelle pour recouvrer à peu près les frontières de la Gaule ancienne. Lyon fit partie du royaume de Bourgogne, dont les limites ont souvent varié, et qui disparaîtra au bout d'un siècle pour se reformer après la mort de Charles-le-Chauve. Les provinces de cet état ne sont entrées que tardivement dans la monarchie française, et ont été lentes à se fondre dans l'unité nationale.

ARRIVÉE DES BURGONDES. — Les Burgondes ou Bourguignons étaient un peuple venu des bords de la Baltique;

leur première apparition sur le Rhin se place vers l'an 370.
Quarante ans plus tard, l'empereur Honorius leur concède
des terres dans le voisinage de Mayence, Strasbourg, Bâle et
peut-être Besançon : c'est sans doute à cette époque qu'ils
embrassèrent le christianisme. En 435, Gondahaire ou Gondicaire, leur roi, voulant mettre à profit l'absence du patrice
Aétius, alors en Italie, pénètre dans la Lyonnaise. Mais
Aétius revient à la tête d'une armée en partie composée de
Huns mercenaires, défait les Burgondes et leur tue vingt
mille hommes ; puis il cantonne le reste dans les montagnes
de la Savoie et du Dauphiné. Gondicaire n'en demeura pas
moins l'allié de l'empire. A la bataille de Châlons-sur-Marne
(451), les Burgondes combattaient contre Attila, à côté des
Romains et des Wisigoths, et peu à peu, à la faveur des
troubles sans cesse renaissants, ils envahirent les contrées
qui avoisinent la Saône.

SIÉGE DE LYON PAR MAJORIEN. — Aétius avait le
commandement militaire des provinces restées romaines dans
le centre, l'Ouest, et le Nord jusqu'à la Somme ; mais il y
avait toujours un préfet des Gaules. C'était alors Avitus,
originaire d'Auvergne. Sa fille avait épousé un patricien
lyonnais, Caius Sollius Apollinaris Sidonius, plus connu,
comme poète, sous le nom de Sidoine Apollinaire. Peu après
la mort d'Aétius, lâchement assassiné, Avitus, grâce à l'appui
des Wisigoths, est proclamé empereur à Toulouse, en 455.
Son règne est de courte durée. Après l'avoir déposé, le patrice
barbare Ricimer, n'osant revêtir lui même la pourpre, fait
nommer à Rome, Majorien, ancien lieutenant d'Aétius. Lyon
et une partie de la Gaule se refusent à reconnaître le nouvel
empereur. Majorien, accompagné du lyonnais Œgidius Syagrius, son maître des milices, franchit les Alpes, au mois
de décembre 458, emporte Lyon qui est livré au pillage, et

lui impose une lourde contribution. Avitus était mort, au cours de ces événements. Sidoine Apollinaire réussit à fléchir le vainqueur ; la garnison qui rançonnait Lyon fut retirée, et l'empereur fit grâce des taxes.

GONDICAIRE S'EMPARE DE LYON. — Trois ans après son expédition, Majorien mourait victime d'une insurrection militaire ; Ricimer le remplaçait par un fantôme d'empereur, nommé Sévère, et Œgidius se déclarait indépendant dans la Gaule romaine. Aussitôt Gondicaire s'empare de Lyon, de Vienne et de Genève, étendant ainsi son royaume, au nord, sur la Bourgogne, la Franche-Comté et la Suisse occidentale, et au midi, jusqu'à la Durance (461). Il portait les titres de patrice et de maître de la milice que recherchaient les rois barbares, et que Rome s'empressait d'accorder à ces dangereux alliés. Gondicaire mourut en 465, laissant quatre fils ou petits-fils : Chilpéric, Gondebaud, Godégisèle et Gondemar.

LES PETITS-FILS DE GONDICAIRE. — Chilpéric régnait à Lyon, soit qu'il eût été institué seul héritier, soit qu'il se fût emparé du pouvoir, à l'exclusion de ses frères. Gondebaud, réfugié en Italie, avait épousé une parente de Ricimer. Quand le patrice mourut, en 473, Gondebaud prenant un moment sa place et son rôle, proclama empereur un certain Glycérius. Mais préférant régner sur ceux de sa nation, il traverse les Alpes. Avec l'aide de son frère Godégisèle et d'un parti de Burgondes, il se jette sur Vienne où Chilpéric s'était enfermé avec Gondemar. La ville fut emportée, Gondemar brûlé vif, et Chilpéric eut la tête tranchée. Agrippine, femme de Chilpéric, et ses deux fils furent jetés dans le Rhône, avec une pierre au cou. Ses deux filles, Chrone et Clotilde, recueillies par leur grand'mère, Carétène, furent

élevées au couvent Saint-Michel que la reine avait fondé près
d'Ainay. Godégisèle eut en partage Langres, Besançon et
Genève ; Gondebaud garda Autun, Lyon et le Midi.

GUERRE ENTRE LES BURGONDES ET LES FRANCS.
— Gondebaud régnait depuis vingt ans (493), lorsque Clovis,
roi des Franks, lui demanda pour femme la princesse Clotilde,
fille de Chilpéric. Le christianisme ne transformait que len-
tement ces natures barbares, chez qui le sens élevé de la
doctrine se heurtait aux passions les plus sauvages et à
l'ignorance la plus profonde. Par son mariage avec un prince
puissant, Clotilde entrevoyait surtout la possibilité de venger
le meurtre de ses parents, et, aussitôt mariée, elle poussa
son époux à déclarer la guerre à Gondebaud. Clovis, après
avoir soumis les provinces du Rhin et l'Armorique, marcha
contre les Burgondes (499). Grâce à la trahison de Godégisèle,
Clovis défit aisément Gondebaud qui dut battre en retraite
et s'enfuir dans Avignon. Après lui avoir imposé un tribut
annuel, Clovis laissa le roi vaincu maître des pays situés au
sud de l'Isère. Mais les violences des Franks leur avaient
aliéné les populations. Gondebaud se met à la tête du mouvement et va surprendre son frère dans Vienne. Godégisèle
est massacré, et, avec lui, les chefs romains et burgondes
qui avaient embrassé son parti. Gondebaud reprenant les
territoires conquis par Clovis, reste alors seul roi de toute la
Burgondie.

FIN DU RÈGNE DE GONDEBAUD. — Gondebaud acheva
glorieusement son règne de quarante-quatre années. Il chercha, comme le roi frank Clovis, à se faire pardonner, par
ses hautes qualités, la violence des moyens qui lui avaient
valu la couronne. En 501, Gondebaud promulga la loi *Gom--
belte*, par laquelle l'égalité des droits est établie entre les

Burgondes et les Gallo-Romains. Bien différente, la loi *Salique* distingue entre les Franks et les habitants des pays conquis, et le meurtre d'un Romain, fût-il parvenu aux plus hautes dignités, est toujours racheté par une somme inférieure à celle qui est due pour un Frank. Comme tous les rois barbares, Gondebaud préférait le séjour de la campagne à celui des villes. Il tenait sa cour tantôt à Savigneux en Dombes, tantôt à Ambérieu, mais il avait aussi une résidence à Lyon, à l'endroit où s'éleva depuis le palais de Roanne. L'église, aujourd'hui détruite, de Saint-Étienne, fondée par l'évêque saint Patient (472), était la paroisse des rois burgondes et fut enrichie par eux.

LYON PASSE AUX FRANKS. — Gondebaud avait deux fils, Sigismond et Gondemar ; Sigismond lui succéda à Lyon (517). Mais la reine Clotilde n'oubliait point sa vengeance, et ses fils, incités par leur mère, marchèrent contre les deux rois burgondes (523). Sigismond battu se réfugia au monastère d'Agaune (Saint-Maurice-en-Valais) qu'il avait fondé. Arraché de sa retraite par Clodomir, le roi d'Orléans, il fut emmené dans cette ville et jeté plus tard dans un puits, avec sa femme et ses enfants. Gondemar reprend bientôt l'offensive et chasse les Franks de la Burgondie. C'est alors que Clodomir, redescendu sur les bords du Rhône, trouve la mort dans un combat près de Vienne. Mais une troisième campagne livre définitivement Gondemar et son royaume aux Franks, en 534, et Lyon échoit dans le partage, à Childebert, roi de Paris.

INSTITUTION DES COMTES DE LYON. — Childebert et sa femme Ultrogothe fondèrent l'Hôtel-Dieu de Lyon, en 548, à l'endroit actuellement occupé par la place de l'ancienne Douane. Cet établissement transporté, au XII° siècle, près du pont du Rhône, est le plus ancien des hôpitaux de France.

A la mort de Childebert (558), Clotaire resta seul roi des
Franks, mais, dans le nouveau partage qui eut lieu entre ses
fils, Lyon fut donné à Gontran, roi d'Orléans (561). C'est
Gontran qui institua le premier comte de Lyon, Armentarius.
Le roi résidait plus ordinairement à Châlon-sur-Saône, mais
il venait fréquemment à Lyon ; jusqu'à sa mort survenue en
593, il y eut comme un relèvement du royaume de Bourgogne.
Sous son règne eut lieu une terrible inondation (580). Toute
la ville basse fut submergée, la plupart des maisons s'écroulèrent, l'eau renversa l'église des Saints-Apôtres où avait été
enterré, peu avant, l'évêque saint Nizier qui donna son nom
au nouvel édifice lorsqu'on le rebâtit.

LYON SOUS LES ROIS FAINÉANTS. — Lyon passa successivement aux rois d'Austrasie, Childebert et Thierry, puis
à Clotaire II, seul roi des Franks après la mort de Brunehaut
(613), et enfin à Dagobert (628). Ségonius, comte de Lyon,
avait laissé deux fils : l'aîné lui succéda dans sa dignité ;
l'autre fut l'évêque Ennemond que l'église a canonisé. Ce
prélat, déjà tenu en haute estime par Dagobert, jouit du plus
grand crédit auprès de son petit-fils Clotaire III, dont il était
parrain. Jaloux de l'évêque de Lyon, Ébroin, maire du palais,
le fit assassiner (667). Pendant la seconde moitié du vi^e siècle
et jusqu'à Charlemagne, l'histoire du Lyonnais est fort
obscure. Les rois mérovingiens n'avaient jamais gouverné
directement la Burgondie, dont les diverses parties étaient
administrées par des patrices ou comtes. Il semble que ceux
de Lyon aient, à plusieurs reprises, cherché à constituer un
état indépendant ; quelques historiens les ont même accusés
d'avoir appelé, dans ce but, les Sarrasins à leur aide.

INVASION DES SARRASINS. — C'est en 725 que les
Sarrasins, venus de Narbonne, se répandirent dans la vallée

du Rhône. Lyon n'eut pas un meilleur sort que les autres villes : il fut ravagé, ses églises démolies, ses aqueducs coupés, les monuments encore debout furent renversés, sauf quelques parties du forum qui résistèrent à l'incendie et qui s'écrou - lèrent en l'année 840. Puis ces nouveaux envahisseurs, venus avec leurs femmes et leurs enfants, s'établirent dans la Bresse et dans la partie du Dauphiné qui touche à Lyon. Ils y ont formé une population qui, au siècle dernier, avait en plusieurs endroits son costume particulier et ses mœurs, et dont les descendants sont encore facilement reconnaissables.

CHARLES-MARTEL. — Charles-Martel, après avoir défait Abdérame à Poitiers, en 732, vint soumettre Lyon et la région inférieure de la Burgondie. Si les Sarrasins avaient commis et continuaient à commettre quelques exactions, les Lyonnais ne gagnèrent pas beaucoup à changer de maître. Les biens des églises furent mis au pillage et partagés entre les compagnons de Charles-Martel ; le siège épiscopal de Lyon resta vacant pendant dix ans, suivant certains auteurs, et vingt-deux ans, suivant d'autres. On peut juger de ce qu'il devait en être pour les biens des particuliers. Après Charles et son fils Pépin, Lyon échut dans le partage, à Carloman (768) ; il se trouvait encore, à l'avènement de Charlemagne, rattaché à la monarchie franque, bien que la souveraineté des rois n'y fût guère que nominale.

LYON SOUS LES ROIS BURGONDES ET MÉROVINGIENS. — La ville tendait à quitter la colline, et ce qu'on nommait le bourg de Lyon se développait de plus en plus. Les grandes îles du confluent, où l'on n'avait longtemps vu que des villas, se couvraient de maisons ; la route de Condate à Vienne, représentée par les anciennes rues Mercière et Confort, était l'artère principale de la cité nouvelle. Tout autour de la ville haute, les rois burgondes élevèrent une muraille ; le château fort de Pierre-Scize fut bâti par Gondebaud ; on ferma aussi le bourg par une enceinte qui allait du Rhône à la Saône, en suivant, au nord, au pied de la montagne, la direction de la rue Saint-Marcel et du jardin du Séminaire, et au midi, la direction de la rue Dubois. Ces travaux n'avaient plus la solidité des constructions romaines, car l'inondation de 580 fit crouler les murailles, dans les parties qui touchaient aux deux fleuves.

MONUMENTS. — Pendant les cent vingt ans qu'il servit de résidence aux rois burgondes, Lyon avait dû reconquérir une certaine importance et il s'y trouvait assurément des édifices. Malheureusement, le Lyon burgonde ruiné par les Sarrasins, comme l'avait été le Lugdunum antique par Septime Sévère, ne nous a laissé aucun de ses monuments. La crypte de Saint-Irénée, du ve siècle, est une des rares constructions de cette époque. On peut rapporter au même temps la crypte de Saint-Nizier, où se trouve déjà, en 550, le tombeau de saint Sacerdos, mort évêque de Lyon. On voyait à Saint-Clair, avant l'établissement de la route le long du Rhône, et l'on retrouve encore vers la Pape les restes d'un canal dont la construction est attribuée au vi^e siècle. Ce canal qui longeait le Rhône et qui venait de Miribel aboutir à Lyon, était vraisemblablement un aqueduc pour l'alimentation de la ville basse. Sidoine Apollinaire nous a laissé une magnifique description de la basilique des Machabées bâtie par saint Patient : les nefs étaient soutenues par cent vingt colonnes de marbre et éclairées par des vitraux. On attribue à saint Sacerdos (549), oncle de saint Nizier, la fondation des églises de Saint-Paul et de Sainte-Eulalie (aujourd'hui Saint-Georges) et à l'évêque Arige (603) la fondation de Saint-Pierre-aux-Liens, autour duquel se forma le faubourg de

PIERRE-SCIZE AU SIECLE DERNIER

Vaise. La reine Brunehaut fit plusieurs libéralités à l'abbaye
d'Ainay.

BEAUX-ARTS, AMEUBLEMENTS. — De cette époque,
on ne possède au musée de la ville de Lyon que des inscriptions funéraires, des armes, la série à peu près complète des
monnaies, tant burgondes que mérovingiennes, et un beau
sarcophage en marbre du vi⁰ siècle, autour duquel sont figu-
rées des scènes du Nouveau-Testament. Ce sarcophage pro-
vient de Saint-Maurice, dans l'Ardèche, où la population, en
1837, immolait encore chaque année un bœuf, au retour du
solstice d'été.

ÉCOLES, BELLES-LETTRES. — La vie intellectuelle ne
s'était point éteinte à Lyon. Nous possédons une partie des
œuvres de Sidoine Apollinaire, dont les vers nous ont conservé un précieux tableau des mœurs de l'époque. Sidoine,
après avoir obtenu de l'empereur Majorien la grâce de sa
ville natale, devint préfet de Rome ; puis il se retira à Clermont, y fut nommé évêque et y mourut en 489. L'épiscopat,
ainsi que l'a observé Guizot, fournissait alors aux hommes de
valeur, le seul moyen de prendre part au mouvement moral
de l'époque et d'exercer une influence active. C'est seulement
par les lettres de Sidoine que nous connaissons un autre
poète, son ami Secundinus, qui raconta en vers la prise de
Lyon par les Bourguignons. Vers la fin du v⁰ siècle, vivait à
Lyon Claudien Mamert, auteur de l'hymne *Pange lingua*.
Les rois burgondes protégeaient les lettres, et les écoles lyonnaises restèrent célèbres pendant tout le vi⁰ siècle. Viven-
tiole y enseignait la rhétorique, Hoène et Victor la poésie,
et Flavius Nicétius le droit ; ce dernier enseignement était
particulièrement florissant.

Mœurs, état social. — Vers la fin de l'empire romain, les campagnes, sans cesse dévastées par les armées ou
par les troupes irrégulières, étaient en partie abandonnées.
Les propriétaires, ruinés par les impôts, voyaient leurs terres
dépérir faute de bras : aussi l'arrivée des Burgondes fut
presque accueillie comme un bienfait. C'était des hommes de
haute taille et d'un caractère doux. Ils ne dépossédèrent pas
violemment les Gallo-Romains comme firent les Franks, et ne
se constituèrent pas, comme eux, en noblesse féodale; bien au
contraire, bon nombre d'entre eux se faisaient volontiers artisans. Ceux qui s'adonnaient à la culture, épargnant le petit
colon, se firent céder par les grands propriétaires les deux
tiers de leurs terres et le tiers de leurs esclaves; les anciens
maîtres se trouvaient, dès lors, déchargés d'une part de leurs
lourdes redevances envers le fisc. Les institutions municipales avaient en partie sombré avec l'empire, et l'autorité
réelle fut transportée au comte et à l'évêque, personnages
qui appartiennent presque toujours à des familles d'origine
grecque. Toutefois, on peut dire que la cité romaine
survécut à tant de crises violentes et qu'à l'avènement
de Charlemagne, elle n'avait pas entièrement perdu la
langue, la physionomie et les mœurs dont l'avaient dotée ses
fondateurs.

TABLEAU SYNCHRONIQUE

DES SOUVERAINS ET DES ÉVÊQUES

Pendant la période burgonde et mérovingienne

ROIS BURGONDES		ÉVÊQUES	
Gondicaire.	Vers 430–463	Elpide (St).	vers 425
		Sicaire (St). . . .	vers 430
		Eucher (St). . . .	435–450
Chilpéric..	463–473	Véran (St).	vers 455
Gondebaut.	473–517	Patient (St). . . .	468–490
		Lupicin (St).. . . .	vers 492
		Rustique (St). . . .	vers 494
		Étienne (St). . . .	vers 497
Sigismond.	517–523	Viventiol (St). . . .	vers 517
Gondemar.	523–534	Loup (St).	vers 538–542

ROIS MÉROVINGIENS [1]

Childebert 1er. . . .	534–558	Sacerdos (St). . . .	542–550
Clotaire 1er.	558–561	Nizier (St).	550–573
Gontran.	561–593	Prisque (St).. . . .	573–588
Childebert II. . . .	593–596	Ethère (St).	588–607
Thierry II.	596–613	Secundinus.	607–608
Clotaire II.	613–628	Arige (St).	608–616
Dagobert I.	628–638	Dauphin (St). . . .	616–618
Sigebert II.	638–650	Tétricus.	618–640
Clovis II..	650–656	Gaudéricus..	vers 643
Les fils de Clovis II.	656–664	Viventiol II.	644–653
Childéric II.	664–673	Ennemond (St). . .	653–667
Dagobert II.. . . .	673–679	Genis (St).	668–678

MAIRES DU PALAIS

Martel d'Héristal.. .	679–680	Lambert (St). . . .	678–689
Pépin..	680–714	Isaac.	689–693
Théodoald.	714–719	Godwin.	693–707
Charles-Martel.. . .	719–741	Fulcoald..	vers 717
		Madalbert.	vers 754
Pépin-le-Bref. . . .	741–768	Adon.	754–769

[1] La date indiquée est celle de l'année où les souverains ont eu Lyon sous leur juridiction.

III

LES CARLOVINGIENS ET LES ROIS DE BOURGOGNE

CHARLEMAGNE. —— Charlemagne rendit à Lyon le repos
et la sécurité dont cette ville était privée depuis longtemps.
Le régime nouveau était tout germanique, par son origine et
par les hommes qu'il employait ; mais il s'attachait à renouer
les traditions romaines. L'institution de la curie municipale
reprit vie sous une forme nouvelle : les *Scabins,* d'où est
venu le nom plus moderne d'échevins. Choisis au nombre de
sept, parmi les notables de la cité, les scabins assistaient le
comte et rendaient avec lui la justice. Charlemagne régula-
risa les impôts et voulut même établir l'unité des poids et
mesures. Au milieu des désordres des siècles écoulés, l'Église
était la seule autorité morale restée debout, et la seule institution où les principes du droit des gens fussent reconnus
et mis en pratique. Aussi Charlemagne employait-il de
préférence les hommes d'église pour son œuvre de réorganisation.

L'ARCHEVÊQUE LEYDRADE. — Charlemagne avait fait nommer le Bavarois Leydrade, archevêque de Lyon (769), et lui avait confié les pouvoirs les plus étendus. En principe, c'était encore le peuple qui nommait ses évêques ; mais, déjà sous les rois antérieurs, la désignation faite par le souverain avait à peu près force de loi. Leydrade rétablit les écoles disparues ; c'est à lui que remonte la création de l'école des clercs actuellement petit séminaire de Saint-Jean. Le peuple n'avait pas alors d'autres lieux de réunion que les églises. Ces édifices servaient donc, non seulement à l'exercice du culte, mais à tout usage d'utilité publique. Leydrade releva les églises détruites par les Sarrazins, restaura le monastère de l'Ile-Barbe et y rassembla une bibliothèque longtemps célèbre. Il rebâtit Saint-Nizier qui avait été jusqu'alors cathédrale et transporta le siège épiscopal à l'église Saint-Étienne. A côté de cette dernière église, s'en était élevée une autre, Sainte-Croix, puis un baptistère dédié à saint Jean-Baptiste ; ce sanctuaire est devenu l'église primatiale de Lyon. Après la mort de Charlemagne (814), Leydrade se démit de ses fonctions en faveur d'Agobard.

AGOBARD. — Agobard était un des esprits les plus éclairés de ce temps. Le paganisme avait laissé des traces profondes. Ce qui en survivait, c'était surtout les pratiques grossières et notamment l'adoration des idoles. Agobard combattit ces restes de superstition et chercha aussi à détruire la croyance aux sorciers, alors très répandue dans les campagnes ; la crédulité populaire leur attribuait un pouvoir sur les éléments. Dans les procès, la loi Gombette autorisait les adversaires à recourir au duel, et le vaincu était condamné par le juge. Agobard réclama vivement contre cet usage appelé le *jugement de Dieu*. Il tenta même, auprès de Louis-

le-Débonnaire, d'obtenir l'abolition complète de la loi Gombette et de tous les autres codes barbares, mais il ne paraît
pas que le droit romain ait été uniformément appliqué à Lyon,
avant le onzième siècle. Enfin, Agobard entreprit le rachat
des esclaves que possédaient les juifs et dont ceux-ci faisaient
trafic. Mais les juifs étaient nombreux et puissants ; ils
avaient obtenu l'autorisation de bâtir une synagogue sur le
versant de Fourvière, et ils gardèrent leurs esclaves, grâce
au crédit qu'ils avaient à la Cour.

LUTTE ENTRE L'EMPEREUR ET SES FILS. — Louis-
le-Débonnaire avait attribué différentes parties de son vaste
empire à chacun de ses trois fils aînés : l'Italie à Lothaire,
la Bavière à Louis, l'Aquitaine à Pépin. Ayant eu de Judith,
sa seconde femme, un fils nommé Charles, l'empereur dans
une assemblée tenue à Crémieux (835) voulut constituer un
royaume, en faveur de ce fils plus jeune ; Lyon faisait partie
de ce nouvel état. Agobard s'opposa avec énergie à ce projet
de démembrement, mais il eut le tort d'encourager la rébellion
de Lothaire et de ses frères contre l'empereur. Louis, déposé
et enfermé dans un couvent (838), fut peu après rétabli par
les seigneurs francs. L'archevêque de Lyon dut alors chercher un refuge en Italie, auprès de Lothaire. Cependant l'empereur s'étant réconcilié avec ses enfants, Agobard rentra en
grâce, et tous deux moururent à quelques mois de distance,
en 840. Après la mort de Louis-le-Débonnaire l'empire se
démembre, des royaumes se font et se défont successivement, et, pendant les deux siècles qui vont suivre, les Lyonnais changeront dix fois de souverain.

LYON A LOTHAIRE. — Aussitôt après la mort de leur
père, les fils de Louis-le-Débonnaire s'armèrent les uns contre
les autres. Pépin était mort en 838. Dans un combat sanglant

à Fontenailles, près Clamecy (841), Lothaire est battu par Louis et Charles réunis. Puis l'empire, par le traité de Verdun (843), est partagé entre les trois frères, à l'exclusion des enfants de Pépin : Louis eut la Germanie, Charles eut la France, et Lothaire, avec le titre d'empereur, garda l'Italie et tout le pays situé sur la rive gauche du Rhône et de la Saône. Lyon se trouvait ainsi pour moitié au roi de France et pour moitié à l'empereur. De là, cet usage qui s'est maintenu chez les mariniers, de désigner la rive droite et la rive gauche par les noms de *France* et d'*Empire*. Mais, dès cette époque, le bourg de Lyon tendait à devenir plus important que la cité. De plus, l'attachement des Lyonnais à Lothaire détermina le passage de leur ville et de tout le diocèse au pouvoir impérial. En sus des territoires qui le composent aujourd'hui, le diocèse de Lyon comprenait alors Crémieux, Belley, Nantua et Saint-Claude.

CHARLES-LE-CHAUVE REPREND LYON. — L'empereur confia le gouvernement du Lyonnais, du Dauphiné et de la Provence, à Gérard de Roussillon. A la mort de Lothaire (855) nouveau partage de ses États. Lyon échoit à Charles, roi de Provence, qui meurt sans héritier en 863 et qui est enterré dans l'abbaye Saint-Pierre. Lyon passe alors à Lothaire II, roi de Lorraine (*Lotharingie, Lotherrègne*). Ce prince réside à Lyon et confirme Gérard dans son gouvernement. A la mort de Lothaire II (870), Lyon revenait à son frère aîné, l'empereur Louis II ; mais le roi de France, Charles-le-Chauve, s'empare de Lyon et de Vienne. A la place de Gérard, il établit Boson, frère de sa femme Richilde, et nomme Guillaume, comte de Lyon. Ces fonctions qui étaient d'abord temporaires, finirent par devenir héréditaires. Guillaume est l'auteur des deux maisons des comtes de Lyonnais et de Forez et des sires de Beaujeu.

BOSON RÉTABLIT LE ROYAUME DE BOURGOGNE. — Boson épousa Hermengarde, fille unique de l'empereur Louis II. Après le court règne de Louis-le-Bègue qui avait succédé à Charles-le-Chauve, Boson, sur les instigations de sa femme, résolut de prendre le titre de roi. Dans une assemblée où figuraient les archevêques de Lyon, de Vienne, d'Arles, d'Aix, de Tarentaise et de Besançon, et dix-sept évêques, Boson fut proclamé roi de Bourgogne ; il reçut la couronne dans la cathédrale Saint-Étienne, des mains d'Aurélien, archevêque de Lyon (879). Aussitôt les deux fils de Louis-le-Bègue, assistés de Charles-le-Gros, entrèrent en Bourgogne. Boson fut battu près de Mâcon, et la reine Hermengarde dut s'enfermer dans Vienne et y soutenir un siège. Mais les incursions des Normands rappelèrent dans leurs états les deux rois de France ; leur mort suivit bientôt, et Charles-le-Gros, appelé à la lourde tâche de réunir tout l'empire carlovingien sous sa main, consentit à reconnaître Boson comme roi de la Bourgogne cisjurane (886).

LOUIS-L'AVEUGLE. — Boson annexa la Provence à ses états et mourut en 889. Vers le même temps, s'était formé, sous Rodolphe Iᵉʳ, le royaume de Bourgogne transjurane, comprenant la Savoie, la Suisse et la Franche-Comté, et Bérenger se faisait nommer roi d'Italie et empereur. Louis, surnommé depuis l'Aveugle, et fils de Boson, lui succède à Lyon ; mais, appelé en Italie par un parti opposé à Bérenger, il chasse Bérenger et se fait couronner empereur à Rome (900). A son tour, repoussé par son compétiteur, Louis quitte l'Italie, pour y revenir bientôt après (905). Bérenger s'étant alors emparé de son rival, lui crève les yeux et le renvoie à Lyon. Infirme et hors d'état de gouverner, Louis garda jusqu'à la fin (923) son titre de roi et d'empereur ; mais, en réalité, il abandonna le pouvoir à son cousin Hugues, comte de Vienne, qui se mit en mesure de préparer son propre avènement.

RÉUNION DES DEUX BOURGOGNES. — Hugues, évinçant l'héritier de Louis-l'Aveugle, le jeune Charles-Constantin, se déclara roi de Bourgogne et de Provence. Pendant ce temps, Rodolphe II, roi de la Bourgogne transjurane, renversait en Italie l'empereur Bérenger. Mais celui-ci avait appelé à son aide les Hongrois, qui se précipitèrent de la Lombardie sur la Gaule (924). Les deux rois de Bourgogne, cisjurane et transjurane, un moment coalisés contre les barbares, les repoussèrent ; puis ils en vinrent aux mains entre eux. La lutte se termina par un arrangement qui donnait l'Italie à Hugues et les deux Bourgognes à Rodolphe (930). Le nouvel état est aussi désigné sous le nom de royaume d'Arles. Ces changements fréquents semblent, au fond, peu intéresser les Lyonnais. Poursuivant leur but constant, ils cherchent à ne relever que de leurs pouvoirs locaux, et ils y arrivent, à la faveur de complications sans cesse renaissantes.

LES ROIS DE FRANCE RENONCENT A LYON. — Rodolphe II laissa pour héritier Conrad-le-Pacifique, qui régna cinquante-cinq ans (937-992). Ce long règne procura quelque repos au royaume ; mais Conrad ne sut pas se défendre contre les empiètements sans cesse grandissants de ses feudataires. Sous ce prince se place un événement important : Conrad épousa, vers 963, Mathilde, fille de Louis-d'Outre-mer et sœur de Lothaire II, roi de France. A l'occasion de ce mariage, et comme dot à la nouvelle reine, Lothaire abandonna ses droits sur le Lyonnais et la ville de Lyon. Ainsi que le prouvent leurs revendications répétées, les rois de France n'avaient jamais entièrement renoncé à la partie de la ville bâtie sur la rive droite de la Saône, que leur donnait le traité de Verdun. Lyon fut donc définitivement séparé de la monarchie française, dont il n'avait fait partie qu'à de rares intervalles. Au cours du règne de Conrad, le Lyonnais fut ravagé par des bandes de Hongrois ou de Sarrasins, qui détruisirent de fond en comble l'abbaye de Savigny.

LYON VILLE IMPÉRIALE. — Conrad avait eu un fils d'un premier mariage, Burchard II, qui fut archevêque de Lyon ; de Mathilde, il eut Rodolphe, dit le Fainéant, qui lui succéda en 992. Sous ce prince faible et sans capacités, le mouvement d'indépendance qui s'était manifesté chez les comtes feudataires ne fit que s'accuser davantage. Humbert fonda le comté de Savoie ; Othe-Guillaume, la *franche comté* de Bourgogne ; Guigues d'Albon, le comté, depuis Dauphiné de Viennois ; Guilhem, le comté souverain de Provence ; enfin, le comte Arthaud III se disputait la souveraineté du Lyonnais, avec l'archevêque Burchard. Réduit à l'impuissance et réfugié en Suisse, Rodolphe se mit sous la protection de l'empereur d'Allemagne et lui légua ses états. Ce fut Conrad-le-Salique qui recueillit cette succession, en 1032, et Lyon devint ainsi ville impériale. Il faudra trois cents ans avant que la France réussisse à s'annexer l'ancienne capitale des Gaules et du royaume de Bourgogne.

TOPOGRAPHIE ET MONUMENTS. — Pendant la période carlovingienne et bourguignonne, les limites de Lyon ne subirent aucun changement. Lorsque les rois résidaient à Lyon, c'était le plus ordinairement au château de Pierre-Scize. La citadelle communiquait avec le quai de ce nom, par un escalier de cent vingt marches taillé dans le roc. L'entrée principale était située à la jonction du chemin de Montauban et de la montée du Greillon. Il se trouvait dans l'enceinte une chapelle dédiée à Saint-Michel. Dans le cloître

du chapitre, les trois églises, Saint-Jean, Saint-Étienne et
Sainte-Croix, se touchaient et communiquaient entre elles :
la première, qui sera reconstruite, du douzième au quatorzième siècle, était devenue cathédrale depuis 913 ; les deux
autres, restaurées au quinzième siècle, ont été renversées
après la Révolution. Il reste, au côté sud de Saint-Jean, un
ancien bâtiment connu sous le nom de *Manécanterie*, dont
la construction est attribuée à Leydrade. La porte, sur-
montée d'une croix de briques rouges incrustées dans la
façade, marquait le milieu de ce bâtiment dont une moitié a
été démolie. C'était d'abord le réfectoire des chanoines de
Saint-Étienne, institués par Leydrade, et dont le chapitre
est appelé à jouer un rôle considérable dans l'histoire de
Lyon ; on en fit plus tard l'école des clercs. Des armes, des
bijoux, quelques fragments de sculpture et la série des monnaies à l'effigie des princes de la maison de Charlemagne
et des rois de Bourgogne, sont les seuls objets qu'on ait recueillis de cette période historique.

LANGUES, BELLES-LETTRES. — C'est seulement à la
fin du neuvième siècle que le latin se corrompt et se perd à
Lyon. L'usage prolongé de cette langue a laissé des traces
ineffaçables dans le dialecte lyonnais. Si l'on étudie ce dialecte, depuis longtemps dégénéré en patois, et à peu près
disparu maintenant, on reconnaît qu'il tient à la bonne lati-
nité de plus près que le français et le provençal. Quant aux
écoles, il n'y en avait plus d'autres que celles des clercs,
établies auprès des églises. Toutefois, des esprits distingués
cultivent encore les lettres. Il nous est parvenu plusieurs
ouvrages du diacre Florus, dont l'enseignement attirait de
nombreux élèves et dont les vers se recommandent par leur
forme correcte. Il écrivit, à la suite du traité de Verdun
(843), un poème où il déplore le partage de l'empire :

« Montagnes et collines, forêts et fleuves, pleurez la race
des Franks. L'empire élevé par le bienfait du Christ est renversé dans la poussière. Au lieu d'un roi, il y a des roitelets ;
au lieu d'un royaume, des fragments de royaume. La terre
est trempée de sang et chacun défend ce qui est à lui » !

MOEURS, ÉTAT SOCIAL. — A part quelques excep-
tions, l'ignorance est universelle, et toute la vie de la société
est concentrée dans la défense des intérêts matériels sans
cesse menacés. Le commerce seul conserve quelque activité,
attestée par la présence d'une nombreuse colonie juive. Les
négociants lyonnais vont, avec ceux de Marseille, chercher
jusqu'en Orient les épices, les parfums et les tissus. Peu de
gens savent lire, et, les notaires même faisant défaut, le
plus grand nombre des transactions et des actes sont ver-
baux. Le clergé qui avait prêté un concours si élevé à
Charlemagne est bien déchu. Souvent les abbayes sont
abandonnées à des laïques qui y vivent d'une façon scanda-
leuse. Les dignités ecclésiastiques sont vendues au plus
offrant et parfois confiées à des enfants. Burchard II avait
douze ans quand il fut appelé à l'archevêché de Lyon ; mais
il justifia plus tard cette élévation prématurée par ses hautes
qualités administratives et par une irréprochable conduite en
un temps de désordres. Les seules institutions municipales
encore debout sont les échevins qui assistaient le comte et
le sénéchal, lequel était chargé de la police. Pour l'administration de la justice, le comté était partagé en vingt *vigue-
ries*, dont les limites se retrouvent encore dans la plupart
des archiprêtrés du diocèse.

TABLEAU SYNCHRONIQUE

DES SOUVERAINS, DES COMTES ET DES ARCHEVÈQUES

Pendant, la période carlovingienne et bourguignonne

CARLOVINGIENS		COMTES		ARCHEVÊQUES	
Charlemagne. .	768–814			Leydrade. . .	769–814
Louis–le–Dé–					
bonnaire. .	814–840			Agobard (St)..	814–840
Lothaire. . .	840–855			Amolon. . .	840–852
				Rémy (St). .	852–875
Charles de					
Provence. .	855–863			Aurélien. . .	875–892
Lothaire II. .	863–870			Alwalo. . . .	vers 895
Charles -le–					
Chauve. . .	870–879	Guillaume I. .	870–890	Bernard. . .	vers 906
				Austérius. . ,	906–915
ROIS DE BOURGOGNE					
Boson. . . .	879–889	Guillaume II. .	890–920	Rémy II. . .	vers 922
Louis-l'Aveugle	889–923			Auschéric. . .	vers 926
Hugues. . . .	923–930	Artaud I. . :	920–960	Guy.	928–948
Rodolphe. . .	930–937	Giraud I. . .	960–990	Burchard I. .	949–956
Conrad-le-Paci-	937–992	Artaud II . .	990–999	Amblard. . .	956–978
fique. . . .		Giraud II.[1]. .	999–1007		
Rodolphe-le-	992–1032	Artaud III.. .	1007–1030	Burchard II. .	979–1032
Fainéant. .					

[1] Quelques auteurs placent un comte Humfroy, vers 994.

IV

GOUVERNEMENT DES ARCHEVÊQUES

— 1032-1312 —

ÉTABLISSEMENT DU POUVOIR ÉPISCOPAL. — Bérard, le plus jeune des fils de Guillaume, premier comte de Lyon sous Charles-le-Chauve, avait fondé la maison de Beaujeu, vers 920. Au onzième siècle, le comté de Lyonnais ne comprenait donc plus que le Lyonnais proprement dit, le Forez et la partie sud des Dombes. Les comtes résidaient peu à Lyon, où ils n'avaient plus qu'une souveraineté de nom. Grâce à l'appui que les archevêques trouvaient chez les bourgeois de la ville, l'autorité ecclésiastique, moins violente et plus respectueuse des traditions romaines, devenait de plus en plus prépondérante. L'archevêque Burchard, en 1030, avait fait hommage à l'empereur Conrad-le-Salique de la ville de Lyon et des terres de son église. A la suzeraineté des comtes, il préférait celle de l'empereur placé trop loin pour intervenir dans le gouvernement de la cité. Mais Artaud III entra en armes dans Lyon, força l'archevêque à se soumettre et conclut avec

ANCIEN PONT DE PIERRE

lui un traité. Le contrat ne fut pas de longue durée. Quand Burchard mourut, à peu près vers le même temps que Rodolphe, dernier roi de Bourgogne (1032), le pouvoir temporel des archevêques était pleinement établi.

HUMBERT Ier. — La mort de Burchard fut suivie d'une période de troubles ; il se produisit un interrègne de neuf ans, pendant lequel plusieurs compétiteurs se disputaient le siège épiscopal. Mais Henri-le-Noir, fils de Conrad-le-Salique, rétablit l'ordre dans Lyon (1041) et fit régulièrement élire l'archidiacre Odalric, de Langres. Celui-ci eut pour successeur Humbert Ier. Les territoires des comtes de Lyonnais et Forez et ceux de l'église de Lyon se trouvaient enchevêtrés, et il y avait souvent conflit entre les deux juridictions. Un premier arrangement eut lieu entre Artaud IV et Humbert (1062). Le comte renonçait à ses droits sur Lyon, moyennant l'abandon qui lui fut consenti de quelques terres épiscopales situées dans le Forez. Humbert Ier est le premier des archevêques qui ait battu monnaie à son nom ; ses successeurs ont conservé ce privilège jusqu'au xve siècle. C'est Humbert qui réunit les deux parties de la ville par le Pont de Pierre (1076), remplacé en 1846, par le pont de Nemours. Au nombre des donateurs qui aidèrent à cette construction par leurs libéralités, il faut citer le chanoine Tédin et la dame Aldegarde qui firent chacun construire une arche à leurs frais.

FIN DU XIe SIÈCLE. — A Humbert succéda Gébuin ou Jubin, fils de Hugues, comte de Dijon (1077). Sous ce pontife, le pape Grégoire VII confirma la primatie traditionnelle du siège métropolitain de Lyon. Les archevêques de Lyon portent encore le titre de *primat des Gaules*, mais cette qualité ne leur confère plus qu'un simple droit de préséance sur les

autres prélats français. Jubin est le dernier des archevêques
lyonnais qui ait été publiquement reconnu comme saint. C'est
lui qui institua le chapitre de Notre-Dame de la Platière dans
l'église de ce nom, restaurée au viiie siècle par Leydrade,
rebâtie au xive siècle, et démolie après la Révolution. Sous
Hugues, successeur de Jubin, eut lieu la prédication de la
première croisade, au concile de Clermont (1095). L'archevêque Hugues partit en Palestine en qualité de legat du pape.
Mais aucune tradition ne témoigne que Lyon se soit associé à ce grand mouvement qui souleva l'Europe féodale.
Le commerce lyonnais avait déjà en Égypte et en Orient des
intérêts considérables qui pouvaient être compromis par une
guerre. Quant aux comtes de Lyonnais, ils n'avaient garde
de s'éloigner d'une ville sur laquelle ils conservaient toujours
un espoir de retour offensif.

LA BULLE D'OR. — Le comte Artaud V n'avait laissé
qu'une fille, Ide-Raymonde; elle épousa Guy d'Albon (1107)
qui devint ainsi l'auteur de la seconde maison des comtes de
Lyonnais et Forez. Après lui, Guy III reprit la lutte contre
le pouvoir temporel des archevêques. En 1157, l'archevêque
Héraclius de Montboissier, s'étant rendu auprès de Frédéric
Barberousse, à Arbois, avait obtenu, pour lui et ses successeurs, la concession de tous les droits souverains sur Lyon
et sur les terres de l'archevêché. Les sceaux de cette charte
étaient en or, comme cela se pratiquait pour certains actes
importants ; de là, le nom de *bulle d'or* qui lui fut donné.
Aussiôt Guy marcha sur Lyon. Le prélat fut obligé de prendre
la fuite, ainsi que le représentant de l'empereur d'Allemagne
qui projetait déjà d'établir une forteresse sur la rive droite
de la Saône. Héraclius rentra dans sa ville épiscocale, mais
la lutte se continua entre le comte et l'archevêque jusqu'à la
mort de celui-ci (1163). Il eut pour successeur un des parents

du comte, du nom de Guichard (1165–1180), sous lequel fut commencée la construction de la nef de la cathédrale de Saint-Jean.

FIN DE LA LUTTE ENTRE LES ARCHEVÊQUES ET LES COMTES. — Malgré les liens de famille qui unissaient Guichard et Guy, les deux pouvoirs ne désarmaient pas. Une transaction fut proposée, en 1157, par le pape Alexandre III : l'archevêque et le comte devaient exercer la souveraineté en commun et se partager les revenus de la ville et du comté. Ce singulier état de choses ne pouvait durer. Aussi fut-il bientôt procédé à une délimitation définitive : l'archevêque abandonnait toutes les possessions de l'église dans le Forez et le Roannais, et recevait, avec Lyon, les districts du Lyonnais, de la Bresse et de la rive gauche du Rhône (1173). Cet arrangement devait avoir des conséquences importantes. Si les prélats lyonnais avaient eu intérêt à rechercher la suzeraineté des empereurs, les comtes, leurs rivaux, s'étaient naturellement placés sous la suzeraineté des rois de France : ainsi Guy III avait récemment fait hommage pour ses terres à Louis VII, dit le Jeune (1169). Il s'ensuivit que la translation de certains biens du comte à l'église obligeait, d'après le droit de l'époque, les archevêques à faire hommage au roi. Une intervention royale dans les affaires du Lyonnais devenait dès lors possible, et le retour de cette province à la France se trouvait tout préparé.

MAISON DE FOREZ ET DE BEAUJEU. — La seconde maison des comtes de Lyonnais et Forez, désormais désignée sous ce dernier nom seulement, se perpétua deux siècles encore. Guy III avait un frère, Raynaud, qui fut élu archevêque de Lyon en 1193. Guy IV, dit d'Outremer, partit lors de la quatrième croisade, et mourut en 1203, près de Jérusalem. Guy V fonda l'église de Notre-Dame d'Espérance, à Montbrison ; il mourut au retour de Terre sainte en 1241. Guy VI blessé à Damiette en 1250, ne laissa pas de postérité. Il eut pour successeur son frère Renaud (1259), qui avait épousé Isabeau, sœur de Guichard V, sire de Beaujeu. Par suite de la mort sans postérité de Guichard, Renaud fut appelé à recueillir le Beaujolais (1265). Une ville nouvelle, Villefranche-sur-Saône, avait été fondée en 1202, par Humbert III, aïeul de Guichard. Mais le Forez et le Beaujolais ne restèrent pas longtemps réunis. Renaud mourut au retour de l'expédition de Tunis, où il avait suivi Charles de Sicile, frère de saint Louis. Son fils aîné Guy VII lui succéda au comté de Forez ; le plus jeune, Louis, fonda la seconde maison de Beaujeu, par la cession que sa mère lui fit de ses droits (1272).

PIERRE VALDO. — Les richesses de l'Église de Lyon étaient considérables, et sa puissance se trouvait désormais incontestée. Les frères de Saint-Étienne, devenus chanoines de Saint-Jean, se recrutaient parmi les plus nobles familles de la contrée et menaient le train fastueux des grands seigneurs de l'époque. Pierre de Vaux ou Valdo, bourgeois de Lyon, se mit à prêcher contre l'ostentation des princes de l'église, et, donnant l'exemple de la pauvreté, distribua ses biens aux malheureux. Le nombre de ses disciples, qu'on appelait les *pauvres de Lyon*, fut bientôt considérable ; ils portaient des sabots ou sandales de bois, d'où le nom d'*ensabottés* qu'on leur donnait aussi. Mais Pierre Valdo ne se borna pas à prêcher le renoncement aux richesses. Il combattit l'institution du mariage, la hiérarchie, les dogmes et les doctrines de l'Église, et fut condamné par un concile tenu en 1179. Jean de Bellesmes ou de Belles-mains, qui remplaça Guichard sur le siège épiscopal (1181), força Valdo à quitter Lyon. Ses disciples se réfugièrent dans les Alpes dauphinoises et italiennes, et grossirent les rangs d'une très ancienne secte, dite des Vaudois. Sous le pontificat de Jean de Bellesmes, eut lieu le passage de l'armée de la troisième croisade, conduite par Philippe-Auguste et Richard-Cœur-de-Lion (1190). Le pont de bois élevé sur le Rhône quelques années auparavant, s'écroula sous le poids des bagages, et beaucoup de croisés périrent dans cette catastrophe.

LES CHANOINES COMTES DE LYON. — Des terres du nouveau comté de Lyon, les unes provenaient du domaine de l'archevêque, les autres, du chapitre. Les chanoines se considérant comme copropriétaires du fief ecclésiastique ainsi constitué, s'étaient fait concéder par l'empereur Frédéric Barberousse, le titre de *comtes de Lyon* (1184). Peu après, ils réclamèrent de l'archevêque Raynaud, frère de Guy, comte de Forez, le partage du domaine de l'Église (1193). Trente-deux baronnies ecclésiastiques, nombre égal à celui des chanoines, furent alors érigées, et chacun des deux seigneurs, l'archevêque et le chapitre, eut ses officiers et sa juridiction. Les archevêques s'établirent au château de Pierre-Scize dont les travaux de défense avaient été augmentés, et le quartier de Saint-Jean, enfermé d'une muraille, resta sous l'autorité du chapitre. La situation déjà considérable des chanoines se trouva notablement accrue. Des preuves de noblesse jusqu'au quatrième degré furent exigées de ceux qui demandaient à faire partie de cet illustre corps. Le chapitre de Lyon a donné quatre papes à l'Église : Grégoire X, Adrien V, Boniface VIII et Clément VII. Quant aux évêques et cardinaux qu'il a fournis, ils sont si nombreux qu'on appela l'église de Lyon la *maison de pourpre*. Les chanoines de Saint-Jean élisaient l'archevêque; ils avaient le privilège de porter la mitre et l'ont conservé jusqu'à la Révolution.

LA CINQUANTAINE. — En leur qualité de souverains, les archevêques établissaient et percevaient les impôts. C'est sur ce point que va s'engager une lutte entre les archevêques et les bourgeois, succédant à celle que les prélats ont soutenue contre les comtes. Les Lyonnais se sont toujours montrés plus jaloux de leurs prérogatives civiles que de leurs droits politiques. Ainsi la cité de Lyon, de par son origine même, se trouvait, sous l'administration romaine, exempte de la capitation. Cette taxe, qui se percevait par tête d'habitant et qui revêtait un caractère de servitude, fut maintenue par les barbares, puis par la féodalité, sous le nom de *taille*. Les Lyonnais ne s'y étaient jamais soumis, et, au moment de la réunion de leur ville à la couronne de France, ils feront de cette exemption une des conditions premières du traité. Il y avait, en revanche, de nombreux impôts indirects. Quant à ceux qui frappaient les denrées alimentaires, les habitants s'en rachetaient le plus souvent, moyennant une somme fixe. En 1195, l'archevêque Raynaud et le chapitre voulurent exiger le paiement d'un impôt sur le vin, ainsi racheté deux ans auparavant. Ce fut l'occasion d'une émeute qui prit les proportions d'une vraie révolution. Le mouvement était dirigé par cinquante bourgeois élus, d'où le nom de *Cinquantaine* qui leur fut donné. Les plus nobles familles s'y trouvaient représentées : des Feurs, des Varey, des Chaponay, des Vandran, des Chalant, des Saint-Vallier, et même des citoyens d'origine italienne, comme les Alamani.

CONSTITUTION DE LA COMMUNE. — Les chefs trouvèrent une force tout organisée dans les corps de métiers, qui paraissent avoir maintenu à travers les âges une sorte de fédération. Réunis, chacun sous une bannière ou pennon, les soixante-douze métiers formaient autant de compagnies

armées ou *pennonnages*. Ils s'emparèrent de la tour du pont
de la Saône, située du côté de Saint-Nizier ; des chaînes et
des barricades défendirent l'accès de ce quartier. Enfermés
dans le château de Pierre-Scize, le cloître de Saint-Jean et
celui de Saint-Just, l'archevêque et le chapitre se sentaient
impuissants à maîtriser ce mouvement de la cité marchande.
Ils laissèrent se constituer la commune, et les deux pouvoirs
restèrent en présence. C'est seulement en 1208 qu'un traité
fut conclu, grâce à l'arbitrage du duc de Bourgogne. Les
bourgeois obtinrent certaines franchises pour leurs biens, et
furent reconnus maîtres de toute la partie de la ville située
entre les deux fleuves, depuis l'abbaye d'Ainay jusqu'aux
fossés Saint-Marcel. Leurs délégués se réunissaient dans la
petite église Saint-Jaquème, située près de Saint-Nizier, sur
la partie sud de la place de ce nom.

LE PONT DU RHÒNE. — Pendant tout le xiiie siècle, la
commune et l'église ne désarmèrent pas. L'influence de la
bourgeoisie de Lyon allait sans cesse grandissant. On y
voyait, comme dans les cités des Flandres et d'Italie, des
hommes appartenant à des familles nobles, et, à diverses
époques, des négociants étrangers sollicitèrent le droit de
bourgeoisie lyonnaise. Les familles d'origine italienne sont
particulièrement nombreuses. Les premières s'étaient réfugiées
à Lyon, à la suite des violences exercées en Italie par Frédéric
Barberousse et par son fils, Henri-le-Sanguinaire. Lyon,
placé sur la route de l'Orient, était le rendez-vous et le séjour
des chevaliers, des princes et des rois qui se rendaient en
Terre Sainte, et son commerce retirait un profit considérable
des croisades. Un pont de pierre sur le Rhône fut commencé
en 1210, pour remplacer le pont de bois qui s'était écroulé,
après le passage de Philippe-Auguste et de Richard-Cœur-de-
Lion ; mais les dix-sept arches de ce pont ne furent entièrement

achevées en pierre, qu'en 1572. Les premiers travaux étaient
conduits par les frères Pontifes. Le roi d'Angleterre et le
pape Innocent IV, aidèrent à la construction de ce monument
d'utilité générale. Le mouvement qui se développait sur ce
point de la ville, y détermina le transfert de l'Hôtel-Dieu,
administré, dès cette époque, par une association de bourgeois,
dite confrérie du Saint-Esprit.

PREMIER CONCILE ŒCUMÉNIQUE DE LYON. — L'année
1245 est marquée par un événement qui fera oublier, pendant
quelque temps, aux Lyonnais et à l'archevêque, leurs riva-
lités permanentes et leur lutte sourde. Un Concile général
avait été convoqué à Lyon, par le pape Innocent IV. L'assemblée, composée de cent quarante évêques, se réunit solennellement dans l'église Saint-Jean, le 16 juin ; Baudouin II,
empereur de Constantinople, et plusieurs princes y assistaient. Dans cette réunion, les cardinaux parurent, pour la
première fois, vêtus de la pourpre qui, suivant une tradition,
avait formé jusqu'alors le costume des chanoines de Lyon.
C'est dans ce concile que fut prononcée la déposition de
l'empereur Frédéric II. Le pape fit un séjour de six années
à Lyon ; il résidait au cloître Saint-Just, citadelle fermée de
hautes murailles et défendue par vingt-deux tours. C'est
aussi dans ce cloître que le roi de France, Louis IX, se
rendant à Aigues-Mortes pour la croisade, reçut l'hospitalité (1248). En quittant les Lyonnais, Innocent leur concéda
plusieurs privilèges. Le premier, très précieux à cette époque, était que leur ville ni leurs églises ne pussent être mises
en interdit ; le second reconnaissait aux Lyonnais qui visite-
raient Rome le droit d'y être reçus et traités comme les
membres de la propre famille du Souverain Pontife.

ÉMEUTE DE 1269. — La présence du Pape à Lyon en

CHEVET DE L'ÉGLISE D'AINAY

avait imposé aux deux partis, et il s'ensuivit une trève de vingt années. Mais en 1269, pendant une vacance du siège épiscopal, les bourgeois se révoltèrent contre le chapitre, refusant de reconnaître la juridiction des chanoines, souvent en conflit avec celle du sénéchal. Aussitôt les corporations, sous leurs pennons, marchèrent à l'assaut du quartier Saint-Jean ; en même temps, elles s'établirent, de l'autre côté du Rhône, au château de Béchevelin. Douze notables avaient remplacé la Cinquantaine et siégeaient en permanence à Saint-Jaquème. Des redoutes furent construites au Gourguillon et à Fourvière, et, de là, les troupes bourgeoises bloquaient le cloître Saint-Just où s'étaient réfugiés les comtes de Lyon. Vainement le duc de Savoie tenta un essai de conciliation ; cet état d'hostilité dura toute l'année et ne cessa que grâce à la médiation du roi Louis IX. Les arbitres nommés par le roi de France supprimèrent les deux juridictions rivales, celle du chapitre et celle du sénéchal. Le seul tribunal maintenu fut celui de l'archevêque, avec appel devant le bailli du roi, siégeant à Mâcon (1271). La royauté plantait ainsi un premier jalon sur le terrain lyonnais.

SECOND CONCILE ŒCUMÉNIQUE. — Louis IX était parti pour Tunis ; les hostilités recommencèrent aussitôt, entre les milices bourgeoises et les soldats du chapitre. Le fils du roi de France, Philippe-le-Hardi, à son retour d'Afrique (1271), rétablit un peu d'ordre dans la cité, avec le concours du légat pontifical, et laissa une garnison. Pierre de Tarentaise fut alors élu archevêque, après une vacance de plus de deux années, et consentit à prêter serment au roi de France. Peu après, un second Concile œcuménique est convoqué à Lyon, par Grégoire X, qui avait été chanoine de Saint-Jean (12 mai 1273). Jamais assemblée de ce genre ne fut aussi nombreuse : on y compta jusqu'à cinq cents évêques ou arche-

vêques. L'objet principal de ce concile était la réunion des
deux Églises grecque et latine, divisées sur plusieurs points
de doctrine et de discipline. En signe d'union, les croix qui
précédaient les deux clergés entrèrent de front dans la basilique et furent déposées dans le chœur ; c'est en mémoire de
ce fait que l'on voit encore deux croix se dresser derrière
l'autel principal de Saint-Jean. Malheureusement, cette réunion des deux Églises ne fut que temporaire. Au cours du
concile mourut le cardinal Jean Fidenza, canonisé sous le
le nom de saint Bonaventure. Il fut enterré aux Cordeliers,
dont le couvent avait été fondé en 1220, par Jean de Grôlée,
bourgeois lyonnais.

LE ROI NOMME UN GARDIATEUR DE LA VILLE. —
Désormais, l'intervention du roi de France dans les affaires
de la ville va devenir de plus en plus marquée, et son rôle
de médiateur se changera bientôt en celui de souverain
maître. Les comtes de Lyon cherchaient sans cesse à ressaisir leur autorité. D'autre part, la bourgeoisie se sentait
peu de goût pour l'empire, et tout contribuait à rapprocher
Lyon de la France. Le chapitre s'étant fait rendre par l'archevêque (1290) une partie de son ancienne juridiction, Rolet
Cassard, au nom de la commune, en appelle au pape et au
roi, garants du traité de 1271. Philippe-le-Bel, alors régnant,
s'empresse de déclarer qu'il prend la ville sous sa protection
et y installe un gardiateur, Pons de Montlaur (1292). Offi-
ciellement chargé de la défense des privilèges de la commune,
le gardiateur prépare, en réalité, l'avènement de l'autorité
royale. Boniface VIII, l'ennemi de Philippe-le-Bel, cherche
bien à ressusciter les anciens droits de suzeraineté de l'empire sur Lyon ; mais les empereurs, absorbés par les affaires
d'Italie, étaient impuissants à exercer par la force aucune
revendication.

COURONNEMENT DE CLÉMENT V. — Après la mort
de Boniface, Bertrand de Goth, dont le frère avait été archevêque de Lyon, fut élu pape et couronné dans le cloître de
Saint-Just, sous le nom de Clément V (1305). Après la cérémonie, le cortège se rendait en grande pompe à la cathédrale
et descendait la montée du Gourguillon ; les rênes de la mule
du pape étaient tenues par Charles de Valois, frère du roi,
et par le duc de Bretagne ; Philippe suivait à cheval. Le nouveau pontife arrivait en face du couvent du Verbe-Incarné,
lorsqu'un mur chargé de spectateurs s'écroula ; le pape fut
renversé et perdit un des diamants de sa tiare ; douze des
seigneurs de son entourage furent écrasés, et le duc de Bretagne, violemment contusionné, mourut deux jours après.
Clément V, qui devait en partie son élévation au roi, publia
une bulle par laquelle tout droit souverain sur Lyon était
dénié aux archevêques. Les comtes de Lyonnais, disait ce
document, tenaient leur fief du roi de France, et l'Église
de Lyon, substituée aux anciens comtes, ne pouvait posséder
qu'à titre de vassale du roi. Étant donné l'esprit public à
cette époque, c'était prononcer le retour du Lyonnais à la
couronne.

LES PHILIPPINES. — Peu après la déclaration du pape,
Philippe-le-Bel rendit deux ordonnances qui reçurent le nom
de *Philippines* (1306). Le Lyonnais y est traité comme
faisant partie du royaume. Par la première de ces ordonnances, les terres de l'Église sont érigées en comté-baronnie ;
par la seconde, le roi de France se réserve le droit d'appel
en justice et la suzeraineté. Cet acte avait le tort de maintenir
l'archevêque et le chapitre dans leur seigneurie temporelle,
et de rétablir cette double juridiction contre laquelle les
Lyonnais réclamaient depuis si longtemps. Les protestations
de la commune furent telles que le roi suspendit l'exécution

des Philippines. Il avait conclu, en même temps, un traité
avec l'archevêque Louis de Villars. Mais Pierre de Savoie,
qui succéda à ce dernier (1310), comptant sur l'appui du
comte de Savoie, son oncle, et du duc de Bourgogne, commença par refuser personnellement de rendre hommage à la
couronne. Les officiers royaux furent chassés, et Pierre de
Savoie ne craignit pas de déclarer la guerre au roi de
France.

RÉUNION DU LYONNAIS A LA FRANCE. — Les Lyon-
nais reprirent les armes, battirent les troupes de l'Église et
s'emparèrent des portes de la ville ; Pierre de Savoie dut
s'enfermer au château de Pierre-Scize. Philippe s'assura
d'abord de la neutralité des seigneurs que l'archevêque comptait comme ses alliés ; puis, son fils Louis–le-Hutin se dirigea sur Lyon. Il était à la tête d'une armée nombreuse, mais
les bourgeois l'accueillirent en ami ; il n'y eût donc pas de
sang versé, et Pierre de Savoie se rendit sans combat. Un
traité fut signé le 10 avril 1312, par lequel l'archevêque
renonçait définitivement à toute souveraineté temporelle. Il
conservait pourtant le droit de battre monnaie et de lever des
troupes pour sa défense personnelle ; le château de Pierre-
Scize lui était laissé, mais les fortifications de Saint-Just
furent démolies. Ainsi s'accomplit la réunion de Lyon et du
Lyonnais à la France. Ce retour était rendu nécessaire par
la résistance des héritiers de l'ancien pouvoir féodal, et il fut
consacré par la libre volonté des citoyens.

TOPOGRAPHIE DE LYON SOUS LES ARCHEVÊQUES. —
Le Lyon des archevêques était formé de plusieurs villes, distinctes par leur physionomie et soumises à des juridictions
différentes. Sur la hauteur, le cloître de Saint-Just s'élevait
comme une véritable forteresse, avec ses remparts et ses tours.

Le quartier qu'il enfermait était sous l'obéissance des chanoines de Saint-Just, qui se qualifiaient de barons. Le cloître de Saint-Jean, fermé d'une haute muraille dont il reste encore quelques vestiges, était la cité du chapitre et relevait immédiatement des chanoines, comtes de Lyon. L'archevêque lui-même n'y pouvait pénétrer qu'après avoir juré de respecter les franchises du chapitre. Entre le quartier Saint-Jean et le château de Pierre-Scize, résidence des archevêques, se trouvaient le Change et le quartier Saint-Paul. Cette partie de la ville fut habitée par les juifs jusqu'au milieu du XIIIᵉ siècle, époque où Philippe de Savoie les expulsa de Lyon. Sur la rive gauche de la Saône, le bourg de Lyon qu'on ne désignera plus que sous le nom de *côté de Saint-Nizier*, par opposition au *côté de Fourvière*, était la cité des marchands. Au midi, on voyait l'abbaye d'Ainay et ses dépendances mises à l'abri d'un coup de main par une enceinte fortifiée. Enfin les archevêques avaient établi leur atelier de monnayage à Béchevelin, et le bourg de la Guillotière commençait à se former sur la rive gauche du Rhône.

ÉGLISES. — Les monuments religieux de cette époque sont presque tous du style roman. Ainay est le plus ancien. Cette église est du commencement du XIᵉ siècle ; toutefois, la partie centrale et la tour carrée qui la surmonte, pourraient être d'une construction beaucoup plus ancienne ; par contre, le porche et le clocher en forme de pyramide sont du XIIIᵉ siècle. L'église d'Ainay fut consacrée en 1116, par le pape Pascal II ; une mosaïque a perpétué le souvenir de cette cérémonie. À diverses époques, Ainay a été doté d'annexes dont deux subsistent encore : la chapelle Saint-Michel (XVᵉ siècle) où sont placées les orgues, et la chapelle Sainte-Blandine qui sert actuellement de sacristie. Le chœur est décoré de peintures dues à H. Flandrin. L'église de l'Ile-Barbe, dont il reste encore le clocher, et le portail de Saint-Pierre sont aussi du XIIᵉ siècle. C'est à la même époque que remontent certaines parties romano-byzantines de Saint-Paul , achevé seulement au XVᵉ siècle et défiguré par des restaurations successives. La première chapelle de Fourvière, dédiée à Notre-Dame du Bon Conseil, avait été établie, au IXᵉ siècle, sur les ruines du forum. Pendant trois siècles, ce ne fut qu'un petit oratoire peu fréquenté. Mais la piété des fidèles s'y porta de plus en plus, et en 1168, le chanoine Olivier de Chavanes fit bâtir la grande nef, depuis dédiée à saint Thomas de Cantorbéry. Le prélat anglais, exilé par Henri VIII, aurait fait, suivant la tradition, un séjour de sept années à Lyon. Il venait de retourner en Angleterre et d'être mis à mort par les ordres du roi. C'est de l'église de Cantorbéry que vient l'usage de célébrer la fête de l'Immaculée Conception, dite du 8 décembre. L'église de Lyon fit cette fête pour la première fois, en 1140.

Habitations. — Pendant longtemps, les constructions particulières s'étaient faites en pisé, comme on en voit encore dans les campagnes du Lyonnais, et toujours à toitures plates. Le grand mouvement commercial des XIIᵉ et XIIIᵉ siècles ayant amené l'aisance et la richesse dans la ville , il se bâtit des habitations plus somptueuses. Mais les demeures lyonnaises des plus riches familles, même de celles qui seront anoblies plus tard, resteront toujours exiguës et n'auront jamais l'ampleur des résidences féodales ou des palais de la bourgeoisie italienne. Il s'est conservé, du temps de saint Louis, une belle maison à façade ogivale, située place du Change : c'est, après la Manécanterie, la plus ancienne habitation de Lyon. On ne se faisait pas faute d'employer les matériaux provenant des édifices antiques. Ainsi le pont de Saône et la plupart des églises ont été, en partie, construits avec les pierres du forum, du temple d'Auguste et des arènes si complètement disparues. Il doit aussi se trouver une quantité de ces débris dans les habitations, plusieurs fois reconstruites, des quartiers Saint-Jean et Saint-Paul.

Mœurs, état social. — Lyon, était, à cette époque, une ville de trafic. Les réfugiés italiens y développèrent l'industrie de la banque, créée par la colonie juive, et la place de Lyon ne tarda pas à faire loi, en matière de change, dans l'Europe entière. Les artisans étaient en possession de droits civils très étendus, ainsi que l'atteste l'organisation des pennonnages ; tous prenaient part à l'élection des chefs. La population des campagnes n'avait point à subir les dures exigences du régime féodal. Presque partout, elle relevait de seigneurs ecclésiastiques, dont la domination était assez douce. Le chapitre et comté de Lyon possédait, à lui seul, cinquante-deux villes ou villages. Les abbés de Savigny étaient si puissants qu'ils portaient ombrage aux archevêques ; l'abbaye d'Ainay entretenait une garnison, et celle de Saint-Martin l'Ile-Barbe recevait l'hommage des sires de Beaujeu et des seigneurs du Mont-d'Or, de Rochetaillée et de Villars. Les terres relevant de l'église de Lyon étaient administrées par des chanoines obéanciers qui percevaient les redevances. Ils habitaient ce qu'on appelait le *vingtain* : c'était un donjon, entouré de quelques travaux de défense. En temps de guerre ou lorsque des pillards battaient la campagne, les habitants trouvaient un refuge dans cette enceinte et y mettaient leurs familles et leurs biens à l'abri. Plusieurs de ces vingtains sont encore debout, notamment à Saint-Cyr au Mont-d'Or, à Saint-André (vieux Limonest), à Chazay d'Azergues, etc.

Institutions municipales. — Sous le gouvernement

épiscopal, il n'existait, à proprement parler, aucune institution
municipale. Le sénéchal qui avait dans ses attributions les
finances et les affaires judiciaires, était un officier à la nomination de l'archevêque. Il était assisté d'un viguier, chargé
de la police, et d'un courrier, sorte de magistrat remplissant
les fonctions confiées aujourd'hui aux parquets. Le chapitre
avait aussi sa juridiction. De là, des conflits qui mécontenten-
taient les habitants et les poussèrent à la révolte, autant que
les vexations fiscales. Il subsistait, toutefois, une sorte d'organisation sous la forme des corporations. Grâce à ce grou-
pement, le gouvernement de la commune se trouva sponta-
nément constitué, lors du soulèvement de 1195. Lorsque ce
gouvernement se trouva régularisé, il fut remis à douze
consuls élus, dont six étaient pris du côté de Fourvière et
six du côté de Saint-Nizier. Les soixante-douze corps de
métiers, réunis à Saint-Jaquème, prenaient part à l'élection.
Mais cette constitution, toute démocratique à l'origine, fut
sensiblement modifiée au siècle suivant.

INSTITUTIONS RELIGIEUSES, FÊTES. — Les Templiers
et les chevaliers de Saint-Jean de Jérusalem s'établirent à
Lyon, vers la fin du XII° siècle. Les Templiers n'y avaient
qu'un établissement de médiocre importance, au moment de
leur suppression en 1311. Les chevaliers de Saint-Jean se
fixèrent auprès de l'église Saint-Georges que desservaient des
prêtres de leur ordre; le bâtiment de la *commanderie*, qu'on
a démoli en 1855, devint la résidence du bailli de la Langue
d'Auvergne. En 1220 les Cordeliers fondèrent leur première
maison à Lyon, les Jacobins, en 1236, et les Augustins, en
1301. C'est dans le monastère des Jacobins ou Dominicains
que fut élu pape le cardinal d'Ossat, couronné à Saint-Jean,
sous le nom de Jean XXII (1316). Les bâtiments de ce couvent
ont été affectés à la préfecture du Rhône, de 1818 à 1857. On

ANCIENNE COMMANDERIE

peut mettre au nombre des institutions, ayant un caractère religieux, la fête des Merveilles. Cette fête remontait aux premiers siècles de l'ère chrétienne, mais elle eut tout son éclat du x° au xiv° siècle. Le clergé de la ville, réuni à Vaise, descendait la Saône en bateau jusqu'à Ainay ; puis il revenait en procession à Saint-Nizier, où une messe était chantée en l'honneur des martyrs lyonnais. Cette cérémonie était accompagnée de jeux et de combats nautiques. Au passage du clergé sur le Pont de pierre, on précipitait un bœuf vivant dans la rivière. Toutes les barques s'élançaient aussitôt à sa poursuite. Dès qu'il était atteint, l'animal était abattu et dépecé, et sa chair était distribuée au peuple, dans la rue qui a longtemps gardé le nom d'*Écorche-Bœuf*. Des désordres et des abus s'introduisirent dans cette fête qui n'était, sans doute, qu'une réminiscence de quelque cérémonie païenne. Elle fut supprimée, à la demande des bourgeois, en 1402.

TABLEAU SYNCHRONIQUE

DES ROIS DE FRANCE ET DES ARCHEVÊQUES

Pendant la période du gouvernement épiscopal

ROIS DE FRANCE		ARCHEVÊQUES	
Henri I.	1031–1060	Odalric.	1041–1045
		Halimard.	1046–1052
Philippe I.	1060–1108	Geoffroy de Vergy.	1055–1069
		Humbert I	1070–1073
		Jubin (St).	1076–1086
		Hugues.	1084–1103

ROIS DE FRANCE		ARCHEVÊQUES	
Louis VI, le Gros. .	1108–1137	Jocerand.	1107–1117
		Humbaud.	1119–1128
		Raynaud de Semur. .	1128–1129
Louis VII, le Jeune. .	1137–1180	Pierre I.	1131–1139
		Foulques de Bouthéon.	1139–1141
		Amédée.	1141–1148
		Humbert de Baugé. .	1148–1151
		Héraclius de Mont-	
		boissier.	1153–1163
		Drogon.	1164–1165
Philippe II, Auguste.	1180–1223	Guichard..	1165–1179
		Jean de Bellesmes. .	1181–1192
Louis VIII, le-Lion. .	1223–1226	Raynaud de Forez. .	1193–1226
Saint Louis..	1226–1270	Robert d'Auvergne. .	1227–1234
		Guy de la Tour d'Au-	
		vergne..	1234–1235
		Raoul de la Roche-	
		Aymon.	1235–1236
		Aymeric.	1236–1246
Philippe III, le Hardi.	1270–1285	Philippe de Savoie. .	1246–1268
		Pierre de Tarentaise..	1272–1274
		Aymar de Roussillon.	1274–1282
Philippe IV, le Bel. .	1285–1314	Raoul de Torote. . .	1284–1287
		Béraud de Goth. . .	1289–1296
		Henri de Villars. . .	1296–1301
		Louis de Villars. . .	1301–1308
		Pierre de Savoie.. .	1308–1332

NOTA. — Jusqu'à fin du douzième siècle, il règne une certaine incertitude sur la date de l'avènement de plusieurs archevêques et sur la durée de leur pontificat. Chaque archevêque avait un chorévêque ou suffragant, qui administrait l'église pendant les vacances assez fréquentes du siège épiscopal. Ce suppléant prenait quelquefois le titre d'évêque de Lyon, ce qui achève de rendre obscure la liste des archevêques lyonnais.

NOMS DES PREMIERS MEMBRES DE LA CINQUANTAINE (1195)

Mathieu de Feurs de Panetière, Bernard de Chaponay, Jean de Varey, Jean de Chaponay, Barthélemy de Chaponay, Pierre de Varey, Barthélemy de Varey, Bernard de Varey, Mathieu de La Mure, Thomas de Varey, Raoul de Varey, Humbert de Varey, Durand de Feurs, Barthélemy de Feurs, Pierre de Saint-Vallier, Raymond Fillâtre, Étienne du Courtil, Hugues de Feurs, Jean de Saint-Cher, Etienne d'Anzié, Pierre Rémond, Jean du Puys, Guillaume Abbi ou Le Blanc, Pierre Le Blanc, André Rafin, Barthélemy de La Porte, Hugue de Rochetaillée, Péronnet de Chaponay, Guiotin de la Mure, Jacquinot Alamani, Péronnet de l'Écluse, Thomas Dodieu, Guillaume Dodieu, Pierre Boyer, Guillaume Boyer, Humbert l'Anglais, Pierre Chamossin, Pierre de Varey, Aymon de Vienne, Jean Gay, Aymon Corneton, Pierre de Mérus, Nicolas de Conches, Guillotin de Pons, Jean de Dorches, Bernard Malon, Girard Alamani, Nicolas Boz, Jean Vaudran, Pierre de Nièvre, Falconnet du Puys, Pierre Dos, Pierre de Vaux, Guillaume Grigneux, Pierre de Vienne, Jean de Lozanne, Humbert de Dorches, Hugues Pelletier, Geoffroy Giroud, Pierre Balmont, Humbert Cappel, Nizier de l'Abbens, Martin Lombardi, Martin Tricas, Pierre Le Roux, Aymé de Varissan, Pierre Acarie, Ponce de Floyren, Jean de Foreys, Jean Liatard.

V

RÉGIME CONSULAIRE

— 1312-1550 —

ENREGISTREMENT DE LA CHARTE LYONNAISE. — Les habitants de Lyon avaient été déclarés exempts de toute taille et impôt personnel ou foncier. Dans l'acte du 4 avril 1320, l'archevêque Pierre de Savoie avait, d'ailleurs, formellement reconnu « qu'il est écrit dans la vieille loi des philosophes que les Lyonnais sont de ceux qui, en Gaule, jouissent du droit italique; les citoyens, en conséquence, ne peuvent être ni taillés, ni imposés, et jamais ne l'ont été par le seigneur. » Les bourgeois de Lyon pouvaient comme les nobles du royaume, construire à leur usage des colombiers, des fours, des moulins et des pressoirs; ils avaient le droit de se réunir en assemblée, d'élire des conseillers et d'entretenir une milice pour la garde des portes de la ville. Toutes ces franchises furent confirmées par le traité passé avec Philippe V, successeur de Philippe-le-Bel. Le roi s'engageait à défendre les habitants contre toute revendication de la part de l'archevêque et du chapitre. En retour. chaque habitant âgé de plus de quatorze ans, prêta au roi serment de fidélité, le 10 juin ; ce serment devait se renouveler tous les dix ans, à pareille date. Comme seigneur immédiat, l'archevêque continua à exercer la justice ; mais les appels étaient portés devant le bailli de Mâcon, investi en même temps des fonctions de sénéchal de Lyon et de gardiateur. Bientôt, sur la demande des Lyonnais, le lieutenant du bailli transporta le siège de sa juridiction au bourg de l'Ile-Barbe (1328). C'est là qu'eut lieu, en 1336, l'enregistrement solennel des lettres patentes et chartes relatives aux privilèges et immunités de la ville de Lyon. L'acte fut dressé par deux notaires royaux, en présence du lieutenant du sénéchal, représentant le roi de France, des conseillers de la ville et du procureur général de l'archevêque.

GUERRE DE CENT ANS. — LA PESTE NOIRE. — Une année après l'acte de 1336, commençait entre la France et l'Angleterre la guerre de Cent ans. Lyon dut à son éloignement de n'être point ravagé par les Anglais. Mais, en 1348, la peste noire, après avoir dévasté l'Italie et le Midi, parut dans le Lyonnais et y fit de nombreuses victimes. L'année 1349 vit la réunion du Dauphiné à la couronne. Le Dauphin Humbert investit solennellement le jeune prince Charles, dans l'église des Dominicains de Lyon, et prit l'habit de cet ordre. Cette pacifique conquête était bientôt suivie de la défaite de Poitiers (1356) où le roi Jean fut fait prisonnier. Les états généraux s'emparèrent du pouvoir. L'archevêque de Lyon, Raymond Sachetti ou Saquet, joua un certain rôle dans cette assemblée qui cherchait à remédier au triste état du pays. C'est alors qu'Étienne Marcel, prévôt des marchands de Paris, tenta de former une ligue entre les grandes communes de France. Guillaume Caillet, un des

principaux chefs parisiens, vint même à Lyon dans ce but.
Mais les corps de métiers refusèrent de prendre part à un
mouvement qui ne pouvait que diviser le pays en face des
armées étrangères (1357). Enfin, le dauphin Charles signa le
funeste traité de Brétigny, qui livrait une moitié de la France
au roi d'Angleterre, Édouard III (1360). Les provinces restées
françaises durent s'imposer de ruineuses contributions. A ces
charges venait s'ajouter pour Lyon la nécessité d'élever de
nouvelles fortifications. Deux bourgeois lyonnais étaient au
nombre des ôtages que le dauphin fournit pour la délivrance
du roi Jean.

Les tards-venus. — Des troupes mercenaires, licen-
ciées après la paix de Brétigny, se répandaient alors par
toute la France et pillaient le royaume. La plus redoutable
de ces bandes qu'on désignait sous le nom de *Grande Compagnie*, s'était organisée en Bourgogne. Elle comptait quinze
mille combattants de toute origine, Anglais, Allemands,
Français, et jusqu'à des chevaliers qui s'étaient associés à
ces pillards. Ils s'appelaient eux-mêmes les *Tards-venus*,
voulant dire qu'à leur grand regret, ils arrivaient au pillage
après d'autres. Lorsqu'ils eurent, pendant une année, ravagé
la Bourgogne et la Franche-Comté, ils descendirent vers le
Lyonnais et le Forez, avec l'intention d'aller rançonner le
pape à Avignon. Jean-le-Bon, revenu de captivité, donna
l'ordre à son cousin, Jacques de Bourbon, comte de la Marche,
et gouverneur du Languedoc, de disperser ces brigands.
Deux mille chevaliers rejoignirent Jacques de Bourbon, et
parmi eux se trouvaient ses neveux, Louis, comte de Forez,
et Jean son frère ; l'armée royale s'éleva bientôt à trente
mille hommes.

Bataille de Brignais. — Cependant les Tards-venus,

n'osant attaquer Lyon, le contournèrent à l'ouest. Ils s'emparèrent de Brignais, petit bourg entouré d'un rempart dont il subsiste encore des restes. L'armée royale alla faire le siège de cette place, et campa sous les murs. L'avant-garde était commandée par Arnaud de Cervolles, surnommé l'*archiprêtre* parce qu'il possédait, quoique séculier, un bénéfice ecclésiastique. Soudain, des compagnies de pillards qui ravageaient le Forez et l'Auvergne arrivèrent au secours de la garnison. Profitant de ces avantages, les Tards-venus sortirent de grand matin de Brignais, le 6 avril 1362, et surprirent l'avant-garde de l'armée royale. Jacques de Bourbon accourut à l'aide, avec le gros de ses troupes ; mais une grêle de cailloux mit le désordre dans les rangs, et la déroute de l'armée royale fut bientôt complète. Au nombre des chevaliers qui périrent dans le combat, se trouvait le comte Louis de Forez ; en sa qualité de chanoine honoraire de Saint-Jean, il fut inhumé à la cathédrale, dans la chapelle de la Madeleine. Jacques de Bourbon et son fils Pierre furent relevés mortellement blessés ; transportés à Lyon, ils expirèrent au bout de trois jours et furent enterrés dans l'église des Dominicains.

FORTIFICATIONS DE LYON. — Les Lyonnais furent terrifiés. C'était la première défaite que subissait la chevalerie, aux prises avec des manants à pied et en nombre inférieur de moitié. Les travaux de défense de la ville étant incomplets encore, on pouvait craindre quelque entreprise des vainqueurs. Fort heureusement, la Grande Compagnie se partagea en plusieurs bandes ; une partie continua sa route vers le Comtat ; d'autres, sous la conduite d'Arnaud de Cervolles qu'ils avaient fait prisonnier à Brignais, se dirigèrent vers la Champagne et l'Alsace. Ce fut seulement sous le règne de Charles-le-Sage que Bertrand du Guesclin débarrassa le

pays de ces bandes, en les enrôlant pour la guerre d'Espa--
gne. Plus que jamais, Lyon sentit le besoin d'avoir une
enceinte qui le préservât de toute attaque. La ville était
ouverte du côté du Rhône ; il devenait également nécessaire
de construire des fortifications sur la colline Saint-Sébastien.
Le roi Jean (1354 et 1357) avait autorisé le consulat à lever
un droit sur les marchandises vendues en ville ; le clergé
devait, en outre, contribuer à la dépense pour un cinquième.
Des travaux furent commencés tout le long de la rive droite
du Rhône et sur divers points, mais l'ensemble de ces fortifications ne fut achevé que cinquante ans plus tard.

FIN DES MAISONS DE FOREZ ET DE BEAUJEU. — Ces
deux maisons reconnaissaient pour auteur commun Renaud,
dont les deux fils Guy et Louis avaient, l'un continué la
seconde dynastie des comtes de Forez, l'autre fondé la seconde
maison des sires de Beaujeu. Le comte Louis de Forez, tué
à la bataille de Brignais, ne laissait pas d'enfants. Jean, frère
de Louis et son héritier, eut sa raison fortement ébranlée,
à la suite de cette journée ; il mourut en 1373. Sa mère,
Jeanne de Bourbon, lui avait fait nommer pour curateur
Louis II, duc de Bourbon, marié à Anne, dauphine d'Auvergne et nièce de Louis et de Jean de Forez. A la mort de ses
deux oncles, Anne se trouva seule héritière du comté de Forez,
et la maison de Bourbon réunit ainsi le Bourbonnais, l'Auvergne, le Forez et le Roannais. Peu après, Antoine, sire de
Beaujeu, mourait sans enfants (1374). Il eut pour successeur
son cousin germain, Édouard II. Ce jeune prince, débauché
et faible d'esprit, se trouva deux fois sous le coup de sentences
rendues contre lui par le Parlement de Paris. Emprisonné
pour avoir battu et tué les huissiers porteurs des arrêts, il ne
dut sa grâce qu'à l'intervention du duc Louis de Bourbon.
Il mourut sans postérité en 1400, laissant le Beaujolais et

la Dombes à son protecteur. C'est ainsi que la maison de Bourbon recueillit à quelques années de distance la plus grande partie de l'héritage de Guillaume, premier comte de Lyon.

LE FRANC-LYONNAIS. — Il restait, sur la rive gauche de la Saône, quelques paroisses de l'ancien Lyonnais, dont les sires de Beaujeu, les sires de Villars et les comtes de Savoie se disputaient depuis longtemps la possession. Vers la fin du XIVᵉ siècle, ces paroisses se joignirent à d'autres villages qui relevaient anciennement des archevêques et du chapitre de Lyon. Se plaçant sous l'autorité du roi de France, ce territoire prit le nom de Franc-Lyonnais. Il commençait aux portes mêmes de Lyon, à la Croix-Rousse, et comprenait la commune de Cuire, un tiers de celle de Caluire, Fontaines, Rochetaillée, Fleurieu, une portion de Genay, Civrieux et Saint-Jean-de-Thurigneux, puis les paroisses de Saint-Bernard, de Riottier et le tiers de Saint-Didier-de-Formans; la capitale était Neuville-sur-Saône. Ce petit pays, avec sa population de quatre mille âmes, formait une sorte de république. Les habitants étaient exempts des aides et gabelles, moyennant une somme de 3,000 livres, payée tous les neuf ans; ils ne fournissaient pas de contingent à la milice, et nommaient un syndic général et un procureur-syndic qui veillaient à leurs intérêts. Pour la justice, ils relevaient de la sénéchaussée de Lyon.

CONSOLIDATION DU POUVOIR ROYAL. — Le Consulat et les bourgeois de Lyon se montraient favorables à tout ce qui pouvait étendre et affermir le pouvoir royal. Avec leur appui, le lieutenant du bailli de Mâcon avait, dès l'année 1342, transporté le siège de sa juridiction dans Lyon même, au palais de Roanne. Il fut créé un juge des appeaux ou des

appels, un receveur du bailliage, un capitaine pour comman-
der les forces militaires, un maître des monnaies, un maître
des ports, un juge des juifs. Mais sous Charles V, en 1370,
l'archevêque Charles d'Alençon, issu du sang royal, réclama
le palais de Roanne, résidence des anciens comtes de Lyonnais, comme propriété de l'Église; les officiers du roi furent
chassés. Sans hésiter, le sénéchal Archambaud de Comborn
assiège l'archevêque dans son château de Pierre-Scize, le
force à se soumettre et à reconnaitre au roi la propriété du
palais de Roanne.

Dernière revendication des archevêques. —
La tentative de Charles d'Alençon fut renouvelée dix-sept ans
plus tard par son successeur, Jean de Talaru. Ce prélat, pendant la minorité de Charles VI, avait obtenu des oncles du roi
le rétablissement de l'ancienne seigneurie temporelle des
archevêques (1387). Il revint en toute hâte à Lyon, chassa
les officiers royaux et força la juridiction royale à reprendre
son siège à Mâcon. Un âne fut promené dans les rues de Lyon,
portant les fleurs de lis attachées à sa queue, aux cris de :
« Tout est gagné, nous n'avons plus de roi! » Ce retour à
la domination ecclésiastique était non seulement la ruine de
l'autorité royale, mais la fin de la commune et des franchises
lyonnaises. Enfin, en 1394, le Parlement condamna, par un
arrêt, l'archevêque à céder le palais de Roanne au sénéchal.
Philippe de Thurey, qui venait de remplacer Jean de Talaru,
s'inclina devant cette décision. Le siège de la juridiction
royale fut rétabli dans Lyon, bien que le juge continuât à
résider à l'Ile-Barbe. Désormais, l'intervention de l'Église
dans les affaires de la ville s'effacera de plus en plus, et sa
juridiction s'exercera à peu près uniquement sur ses possessions suburbaines.

Les lieux principaux notez de la presente Ville & Cité de Lyon.

A. Saint Iean Eglise Collegialle.
B. Saint Paul Eglise Collegialle.
C. Pierre Scise.
D. Foruiere.

E. Le Pont de Saone.
Ŧ. La riuiere de Saone.
G. l'Abbaye d'Esnay.
H. Les Iacobins.

I. Saint Nisier.
K. Le Pont du Rhosne.
L. Les Cordeliers
M. La Platiere.

N. La coste Saint Sebastien.
O. Les Boulevers de la Porte
Saint Sebastien.

PLAN DE LYON AU MOYEN AGE

Fac simile reduit d'une vue de la *Cosmographie universelle* de BELLE-FOREST, publiée à Paris, par Nicolas Chesneau en 1575

ENTRÉE DE CHARLES VI A LYON. — Au cours de
ces événements, Lyon avait reçu la visite du jeune roi
Charles VI. Presque tous les successeurs de saint Louis
étaient venus à Lyon, mais aucun n'y avait été encore
accueilli avec la solennité déployée pour Charles VI. Ces fêtes
furent d'autant plus brillantes que les Lyonnais tenaient à se
rendre le pouvoir royal favorable. Le roi fit son entrée le
le 14 octobre 1389, par la porte de Vaise. Dans le cortège on
voyait cinq cents bourgeois, vêtus de drap écarlate aux frais
de la ville, et cinq cents enfants, avec des tuniques bleues
fleurdelisées. A cette occasion, le Consulat fit paver les rues
principales, jusqu'alors empierrées par endroits seulement.
Les fêtes durèrent quatre jours. Six douzaines de coupes
d'argent, aux armes du roi, lui furent offertes par la ville,
en mémoire de son séjour à Lyon. Quelques années après
(1392), se déclara la démence de Charles VI, qui fut si fatale
à la France.

RÉVOLTE POPULAIRE. — Aucun pouvoir ne menaçait
plus la charte municipale des Lyonnais. Mais les familles
riches s'étant peu à peu assuré le monopole des fonctions
consulaires, une émeute éclata, vers 1400. Les gens de métiers
réclamaient que la moitié des consuls fût prise parmi eux,
conformément aux anciens usages. Il leur fut d'abord donné
satisfaction, mais les troupes royales occupèrent la ville et
rétablirent les magistrats dépossédés. Dix des chefs qui
avaient dirigé le mouvement furent décapités et leurs têtes
exposées sur le pont de Saône. Les habitants des quartiers du
Bourg-Chanin et d'Ainay n'avaient pris aucune part à cette
émeute. Ils imaginèrent d'en perpétuer le souvenir par l'institution de la fête du *Cheval fol.* Un homme se promenait
par la ville, affublé d'une couronne et portant un sceptre; à
sa ceinture était fixé un mannequin affectant la forme d'un

cheval, recouvert d'une housse fleurdelisée et trainant à terre.
Le but avoué de cette mascarade était de tourner en déri-
sion ceux qui avaient voulu trancher de l'autorité royale ;
mais peut-être la malignité populaire y voyait-elle autre
chose.

HUMBERT DE GRÔLÉE. — Charles VI venait de finir son
triste règne (1422) ; la rivalité des Bourguignons et des
Armagnacs ensanglantait le royaume ; tout le nord et l'est
de la France avait été livré au roi d'Angleterre par le parti
bourguignon, et Henri V venait de se faire couronner roi de
France dans Paris même. Le Lyonnais, le Dauphiné, l'Auvergne et le Languedoc restaient fidèles au dauphin Charles VII,
mais les Bourguignons y faisaient de fréquentes incursions.
Humbert de Grôlée, sénéchal de Lyon, se porta d'abord sur
Belleville-sur-Saône, avec les milices lyonnaises. Puis, se
joignant au sire de La Fayette et à Bernard d'Armagnac, il
marcha sur le Puy-en-Velay et délogea du fort de Serverette
le sire de Roche-Baron, un des chefs bourguignons. Les
troupes du duc de Bourgogne furent ensuite poursuivies
jusqu'à Mâcon et à Tournus. L'année suivante, le duc de
Milan, Galéas Sforza, envoya cinq cents cavaliers et mille
archers au dauphin. Ce renfort permit à Humbert de Grôlée
de reprendre la campagne. Il battit le sire de Toulongeon,
maréchal de Bourgogne, et le fit prisonnier au château de
Bussières, près de Mâcon.

BATAILLE D'ANTON. — Ces succès, dus en partie aux
milices lyonnaises, leur font honneur, mais étaient insuffi-
sants pour sauver la France menacée. Heureusement, Jeanne
Darc parut. L'héroïne força les Anglais à lever le siège
d'Orléans et fit couronner Charles VII à Reims (1428). Cependant, des bandes bourguignonnes continuaient leurs

déprédations. Louis, prince d'Orange, s'était emparé du village d'Anton, sur le bord du Rhône, à cinq lieues de Lyon ; il était à la tête de 2.500 Bourguignons ou Allemands. Raoul de Gaucourt, gouverneur du Dauphiné, appela à son aide Humbert de Grôlée : 1.600 hommes se trouvèrent réunis sous leurs ordres, près du fort du Colombier. Le 11 juin 1430, le prince d'Orange traverse la forêt d'Anton et vient attaquer les troupes françaises. Mais son armée est repoussée vigoureusement jusqu'au Rhône, la plupart des Allemands et des Bourguignons sont massacrés ou noyés, et le prince d'Orange, traversant le Rhône à cheval, s'enfuit jusqu'à Meximieux. Les Lyonnais célébrèrent avec enthousiasme leur victoire. Cette bataille, peu importante si l'on ne considère que le nombre des combattants, eut de très grands résultats ; car le prince Louis victorieux se fût rendu maître de tout le Lyonnais et du Dauphiné.

JEAN GERSON. — C'est vers cette époque que se place le séjour de Jean Gerson à Lyon. Chancelier de l'Université de Paris, il avait flétri publiquement, en 1407, l'assassinat du duc d'Orléans, tué par Jean-sans-Peur, duc de Bourgogne. Forcé d'abandonner Paris, Gerson passa d'abord quelques années en Bavière ; puis il se retira au couvent des Célestins de Lyon, dont un de ses frères venait d'être nommé prieur. Ce couvent, installé dans les anciens bâtiments du Temple, avait été fondé par Amédée VIII de Savoie, depuis pape sous le nom de Félix V. Gerson resta jusqu'à sa mort à Lyon (1429), enseignant les enfants et se consacrant au soin des pauvres. On lui attribue le livre de l'*Imitation de Jésus Christ*. Les hautes connaissances du chancelier, sa vie retirée et ses qualités littéraires, tout, jusqu'à certaines rencontres entre plusieurs passages de ses manuscrits et quelques pages de l'*Imitation*, contribue à rendre vraisemblable l'opinion

de ceux qui le regardent comme l'auteur de ce livre. Dans
les dernières années de sa vie, Gerson fut consulté sur le
caractère de la mission que se donnait Jeanne Darc ; il n'hésita
point à dire que le roi devait pleinement se fier aux déclara-
tions de l'héroïque bergère. Gerson fut enterré dans l'église
Saint-Laurent, voisine de Saint-Paul. Un monument lui est
élevé dans cette dernière église, et une statue lui a été érigée
en face du portail principal.

SECONDE RÉVOLTE POPULAIRE. — La guerre de Cent
Ans touchait à sa fin, et le traité d'Arras (1435) venait de
réconcilier le duc de Bourgogne avec le roi de France. Cette
heureuse nouvelle fut accueillie avec faveur par les Lyonnais ;
il y eut des réjouissances publiques ; des *mystères* furent
représentés devant la cathédrale Saint-Jean et aux Jacobins.
Mais la ville était épuisée par les impôts, et la misère était
devenue telle que beaucoup de familles abandonnaient Lyon.
Une nouvelle émeute éclata en 1436, plus violente que celle
du commencement du siècle : car les artisans et les petits
marchands exigèrent que le consulat fût uniquement composé
de gens du peuple. Le mouvement fut encore une fois réprimé
par les troupes royales. Le roi lui-même, de passage à Lyon,
six mois après, logea des archers chez les habitants, et fit
percevoir les gabelles dont le paiement avait été refusé.
Désormais la constitution de la commune lyonnaise devint
essentiellement aristocratique. Ce mouvement populaire eut
encore pour conséquence d'empêcher le transfert à Lyon du
concile de Bâle, conformément au projet qui en avait été un
moment arrêté.

NOUVEAU RÈGLEMENT DU CONSULAT. — Le nouveau
règlement du Consulat, rédigé en 1447, assura définitivement à
la haute bourgeoisie, le monopole qu'elle s'était attribué dans

les élections. Pour être élu consul, il fallait non seulement résider depuis douze ans dans la ville, mais posséder un bien-fonds d'une valeur d'au moins 10.000 livres, ce qui équivaudrait à 200.000 francs aujourd'hui. Quant à l'élection, elle était faite de la manière suivante : dans chacun des soixante-douze corps de métiers, les échevins en fonctions désignaient, au mois de décembre, deux notables électeurs. Deux des consuls sortants, qui ne faisaient plus partie des corporations marchandes, et appelés *terriers* parce qu'ils possédaient une terre et acquéraient généralement la noblesse, étaient chargés de diriger l'élection, l'un pour le côté de Fourvière, l'autre pour Saint-Nizier. Aux cent quarante-quatre électeurs ou maîtres-gardes réunis dans la chapelle Saint-Jaquème, chacun des terriers, en commençant par celui de Fourvière, proposait un nom. Les représentants des métiers confirmaient le plus souvent ce choix, et les noms des six nouveaux élus étaient proclamés le jour de Saint-Thomas, dans l'église Saint-Nizier. Cette organisation blessait le principe d'égalité, mais elle se justifiait en ce qui concerne les garanties de solvabilité personnelle exigées des candidats : car, d'après les règlements en vigueur, les consuls en exercice étaient responsables, sur leurs propres deniers, de toutes les opérations et de tous les actes de leur administration.

LUTTE DU DAUPHIN CONTRE CHARLES VII. — Pendant dix ans, de 1446 à 1456, le dauphin, depuis roi sous le nom de Louis XI, se maintint en état de rébellion contre son père. Il résidait à Grenoble et s'était fait du Dauphiné une sorte d'état indépendant. Charles VII fit marcher des troupes sur Lyon; il s'y rendit en personne en 1455 et séjourna longtemps dans les châteaux d'Yvour et de Saint-Priest. Guy de la Pape, jurisconsulte lyonnais, dont le dauphin avait sollicité l'intervention, s'entremit sans succès entre le roi et

son fils. Louis avait vainement cherché à soulever les corps
de métiers lyonnais ; il ne réussit pas mieux, lorsqu'il voulut
effectuer une levée en masse dans le Dauphiné. Sentant toute
résistance impossible, il s'échappa par le Bugey et se réfugia
auprès du duc de Bourgogne. Le roi Charles mourut de
chagrin peu de temps après (1461). Louis, devenu roi, ne
garda point rigueur aux Lyonnais. Il augmenta les privilèges
de la cité et donna plus d'extension aux foires qui s'y tenaient,
ne se faisant point faute, à chaque concession nouvelle, de
tirer finances de ses faveurs.

FOIRES DE LYON. — Avec la paix, Lyon avait recouvré
sa prospérité. Les négociants étrangers étaient fort nombreux.
Jacques Cœur, de Bourges, exploitait les mines argentifères
du Lyonnais. Il créa à Lyon un entrepôt des marchandises
qu'il tirait de l'Orient : les épices des Indes, les tissus de
Syrie, et l'or d'Égypte qu'il échangeait contre l'argent de ses
mines. En 1419, le dauphin Charles, régent de France, avait
établi deux foires annuelles, d'une durée de six jours chacune.
Devenu roi, Charles VII éleva le nombre des foires à trois
et porta leur durée à vingt jours. Enfin Louis XI, en 1462,
institua quatre foires qui s'ouvraient aux Rois, à Pâques, le
4 août et le 3 novembre. Par l'édit de 1450, Charles VII
avait assuré à Lyon le monopole du commerce des soieries
pour tout le royaume. Il y eut aussi quelque commencement
de fabrication des tissus de soie et d'or ; mais l'Italie et
l'Espagne conservèrent longtemps encore cette industrie. Les
étoffes, entrées par Suze ou par Narbonne, étaient apportées
sur le marché de Lyon, et formaient le principal aliment des
quatre foires annuelles.

TRIBUNAL DE LA CONSERVATION. — Les colonies des
Florentins, des Lucquois, des Génois, des Milanais et des

Allemands avaient chacune leur syndic. Réunis,, chaque
année, sous la présidence du syndic des Florentins, les
marchands fixaient le taux du change des lettres tirées sur
Lyon. Ces décisions faisaient loi sur toutes les places commerciales d'Europe. Mais une institution autrement importante,
c'était le tribunal de la *Conservation*, établi par Louis XI,
en 1462. Un juge conservateur, qui était le bailli de Mâcon,
sénéchal de Lyon, assisté de prud'hommes désignés par le
Consulat, connaissait de toutes les contestations pour fait
de commerce pendant les foires ou hors foires. Aucun privilège « de clergie ou de noblesse » ne pouvait être invoqué
contre sa compétence. Les arrêts étaient exécutoires, « en
tous lieux, jours et heures et nonobstant appel, » et le plus
souvent on s'y soumettait même à l'étranger. Cette juridiction a précédé de plusieurs siècles l'organisation des tri-
bunaux de commerce.

L'IMPRIMERIE A LYON. — En 1472, trente-quatre ans
après la découverte de l'imprimerie par Jean Guttenberg, un
bourgeois lyonnais, Barthélemy Buyer, fonda le premier
atelier typographique à Lyon. Il s'était associé Guillaume
Leroy, ouvrier imprimeur, qui avait sans doute appris son
art en Allemagne. L'établissement était situé sur le quai de
Saône, près de l'église des Augustins. Avant la fin du siècle,
Lyon comptait plus de cinquante imprimeurs ; quatre cents
éditions d'ouvrages, soit latins, soit français, sortirent des
presses lyonnaises pendant ce court espace de temps. C'est à
ses foires et à sa situation de ville franche que Lyon dut ce
rapide développement de l'industrie typographique. Les imprimeurs lyonnais excellaient à produire les éditions en petit
format et en caractères italiques que venait d'imaginer Alde
de Venise. Ces livres sont très recherchés aujourd'hui.

Séjour de Louis XI a Lyon.—Au mois de février 1476, Louis XI vint à Lyon et y fit un séjour de cinq mois. Le vieux roi avait intérêt à surveiller de près le duc de Bourgogne, Charles-le-Téméraire. Déjà maître des deux Bourgognes, du Hainaut, de la Flandre et d'une partie des Pays-Bas, Charles convoitait aussi la Suisse et la Lorraine. On prétendait, en outre, qu'il hériterait de la Provence, alors possédée par Réné d'Anjou, roi de Sicile, vieux et sans enfant. S'il eût réussi, Charles-le-Téméraire eût certainement relevé le titre de roi de Bourgogne et serait devenu un rival dangereux pour le roi de France. Mais sa première défaite par les Suisses, à Granson, amena un rapprochement entre Réné et Louis XI. Les deux souverains se rencontrèrent à Lyon ; Louis comblait de présents son hôte, grand amateur de joyaux, de miniatures et de belles éditions lyonnaises ; il réussit à se faire promettre la succession de l'Anjou et de la Provence. Une seconde fois battu à Morat, Charles est enfin tué à Nancy : aussitôt le roi de France s'empare des deux Bourgognes. Il réunit l'Anjou à la couronne, après la mort du roi Réné (1480), et la Provence, l'année suivante.

Les établissements hospitaliers. —- Il y avait près de trois cents ans que l'Hôtel-Dieu avait été transféré auprès du Pont du Rhône. A la confrérie laïque du Saint-Esprit, avaient succédé, vers 1308, des moinés de l'ordre de Citeaux, appartenant au couvent de la Chassagne. En 1478, ils offrirent de remettre l'Hôtel-Dieu à la ville de Lyon. Il existait plusieurs autres hospices : l'hôpital fondé par Jean de la Roche, près de Saint-Georges ; l'hôpital de Saint-Laurent-des-Vignes ou de la Quarantaine, pour les pestiférés ; celui de Sainte-Catherine où étaient recueillies les orphelines, et le prieuré de Saint-Martin-la-Chana pour les orphelins. Les échevins réunirent tous ces établissements sous leur direction et prirent le titre de recteurs du Grand Hôtel-Dieu (1486). L'hôpital de Saint-Georges, qui tombait en ruine, fut bientôt supprimé. Celui de Saint-Laurent des Vignes fut enrichi par Thomas de Gadagne, négociant florentin, dont l'éminente fortune est restée proverbiale à Lyon : « Riche comme · Gadagne. »

CHARLES VIII. GUERRE D'ITALIE. — Charles VIII, fils de Louis, XI n'avait que quatorze ans lorsqu'il succéda à son père (1483). C'était un prince d'esprit romanesque. Se considérant comme l'héritier de tous les droits de la maison d'Anjou, il manifesta, dès 1494, ses prétentions sur Naples et la Sicile. Ce fut l'origine des guerres d'Italie qui, pendant un demi-siècle, appelleront fréquemment les rois de France à Lyon, avec leur suite et leurs armées. Charles VIII était venu une première fois dans cette ville, en 1490. Il y fut reçu avec un grand déploiement de fêtes ; toutes les rues étaient garnies de tentures ; depuis l'Ile–Barbe jusqu'au cloître Saint-Jean, ce n'était que représentations théâtrales, groupes et cortèges allégoriques. Le roi fit encore deux entrées solennelles : l'une, quatre ans plus tard, lorsqu'il partait pour la campagne d'Italie ; l'autre, à son retour, en 1495.

BAYARD. — Le premier voyage de Charles VIII à Lyon fournit au jeune Pierre Bayard du Terrail l'occasion de se faire connaître. Originaire du Dauphiné, il avait été d'abord page à la cour du duc de Savoie, et venait seulement d'entrer au service du roi de France, dans la compagnie du comte de Ligny. Un gentilhomme franc-comtois, le sire de Vaudrey, avait obtenu de donner un tournoi dans les prairies de la Guillotière. Désireux d'y prendre part, mais trop pauvre pour

s'équiper convenablement, Bayard eut l'idée de recourir à
son oncle Théodore du Terrail, abbé d'Ainay. L'abbé donna
cent écus à son neveu et une lettre l'autorisant à se faire
délivrer les étoffes dont il aurait besoin, chez un des négociants de la ville. Bayard usa largement de la permission.
Quand l'abbé, se ravisant, fit prévenir le marchand d'avoir à
limiter ses fournitures, il avait été pris déjà pour huit cents
écus de soierie et de drap ; le tout porté chez le tailleur et
coupé en vêtements pour Bayard et son ami Bellabre. Le
futur héros, d'ailleurs, se comporta vaillamment et demeura,
malgré sa jeunesse, le vainqueur du tournoi.

ANOBLISSEMENT DES ÉCHEVINS. — Charles VIII, en
partant pour Naples (1494), avait laissé à Lyon Anne de
Bretagne, sa femme. Ensemble ils avaient posé la première
pierre de l'église des Cordeliers de l'Observance, aujourd'hui
démolie ; les bâtiments du couvent sont actuellement occupés
par l'École vétérinaire. Lorsque le roi revint d'Italie (1495),
il accorda aux échevins le privilège d'être anoblis, au sortir
de leurs fonctions. Les bourgeois lyonnais pouvaient, quoique nobles, continuer à exercer le négoce. D'ailleurs, il se
trouvait déjà beaucoup de nobles dans le commerce lyonnais.
Des gentilshommes de la contrée étaient venus se fixer à
Lyon et avaient obtenu la bourgeoisie, et la plupart des négociants d'origine italienne appartenaient à des familles pa-
triciennes : ainsi, on avait vu, au siècle précédent, un Médicis
fonder une banque dans le quartier du Change. Conférer la
noblesse en récompense des services rendus était tout à fait
conforme aux usages du temps. Le seul côté fâcheux de
cette mesure appliquée aux échevins, c'était d'accuser
davantage encore le caractère aristocratique des fonctions
consulaires.

ANCIENNE PORTE DE LA CROIX-ROUSSE

LOUIS XII. — La mort de Charles VIII (1498) ne mit pas fin à la guerre d'Italie. Bien au contraire, son successeur Louis XII réclama le Milanais, comme petit-fils de Valentine de Milan. Il passa à Lyon, en 1499, se rendant dans la Haute-Italie que l'armée française venait de conquérir. Ludovic-le-More, qui avait usurpé le Milanais, fut ramené prisonnier et enfermé au château de Pierre-Scize. En 1503, Louis XII faisait à Lyon une brillante réception à l'archiduc Philippe-le-Beau, fils de l'empereur Maximilien, et passait avec lui un traité. Philippe était le frère de Marguerite, duchesse de Savoie, à qui est due la construction de l'église de Brou, à Bourg. L'année 1505 fut marquée par une famine. Les fêtes n'en furent pas moins somptueuses, au passage du roi, en 1507 et 1508, lors des expéditions contre les Génois et les Vénitiens. Enfin, en 1510, un concile de l'Église gallicane se réunit dans le réfectoire des Augustins. Cependant les affaires d'Italie commençaient à causer quelque inquiétude. En cas de revers, Lyon n'était qu'imparfaitement défendu par ses fortifications restées incomplètes. Des lettres patentes du roi, en 1512, prescrivirent la construction de l'enceinte de la Croix-Rousse, enfermant la colline de Saint-Sébastien dans la ville. L'église de Lyon s'engagea à fournir une partie de la dépense.

FRANÇOIS Ier. — À peine sur le trône, le nouveau roi désigna Lyon pour son quartier général et se dirigea sur le Milanais. Ce furent de nouvelles fêtes, à son passage à Lyon (1515). Mais, après son départ, il y eut un mouvement populaire : comme au siècle précédent, les artisans réclamaient leur admission au Consulat. Ces désordres n'eurent pas de de suites graves. En 1524, François Ier fait un second séjour à Lyon. Il venait de conclure avec le pape un concordat qui sacrifiait une partie des libertés de l'église gallicane et qui fut mal accueilli des Lyonnais. Peu après, des marchands espagnols, sujets de Charles-Quint, qui se rendaient aux foires de Lyon, furent arrêtés par l'ordre du roi. Les échevins durent réclamer énergiquement contre cet attentat aux franchises accordées par les rois précédents. A tant de sujets de plainte s'ajoutaient encore les impôts excessifs que nécessitait la guerre. La couronne ne respectait plus les libertés et privilèges garantis à la commune de Lyon. Pour forcer le Consulat à lui accorder les subsides demandés, François Ier alla jusqu'à menacer de livrer la ville aux aventuriers qui venaient grossir son armée.

DÉFAITE DE PAVIE. — François Ier ne s'était pas seulement aliéné les bourgeois lyonnais. Sa mère Louise de Savoie convoitait les domaines du connétable Charles, comte de Montpensier, dauphin d'Auvergne et duc de Bourbon. Le roi ayant volontairement froissé le connétable, celui-ci se ligua avec l'empereur. La maison de Bourbon possédait la moitié des provinces du centre, et le connétable pouvait ainsi lever une véritable armée. François Ier apprit à Lyon la trahison du duc de Bourbon. Le roi laissa la reine mère, investie de la régence du royaume, et commença la campagne de 1525. Mais bientôt la régente reçut la nouvelle de la désastreuse défaite de Pavie. Au milieu de la nuit, deux échevins lui amenèrent à Ainay des gentilshommes porteurs d'un message royal : « Madame, de toutes choses ne m'est demeuré que l'honneur et la vie qui est sauve. » Le roi était prisonnier ; la régente demeura à Lyon jusqu'à la mise en liberté de son fils (1526). Par une des clauses du traité, François Ier s'engageait à épouser Éléonore, sœur de Charles-Quint. Ce mariage fut célébré en grande pompe à Lyon en 1529.

RÉBEYNE DE 1529. — Un peu avant les fêtes du mariage royal, il éclata une de ces émeutes appelées *rebeynes* en vieux langage lyonnais. Mais le mouvement, cette fois, n'est accompagné d'aucune revendication politique. Ruinés par la cherté du blé et par des impôts répétés, les artisans manifestent leur animosité contre le Consulat par des voies de fait envers la bourgeoisie. Symphorien Champier, ancien échevin, s'était rendu particulièrement odieux par sa morgue et ses prétentions hautaines. C'était, toutefois, un homme de valeur : agrégé à l'Université de Paris et médecin, Champier avait fait la campagne d'Italie et avait été armé chevalier. Sous prétexte de s'emparer des blés qu'il était accusé de cacher chez lui, la foule pilla la maison de Symphorien Champier, sise au coin de la rue qui garde encore son nom. Les émeutiers se portèrent ensuite sur la demeure de plusieurs notables et mirent à sac le couvent de l'Ile-Barbe. Champier a lui-même fait le récit de cette insurrection. Il a écrit aussi une histoire du chevalier Bayard, dont il était cousin par alliance.

L'AUMÔNE GÉNÉRALE. — Lyon était souvent ravagé par la peste et la famine. Au printemps de 1531, une disette s'étendit sur le Dauphiné, la Savoie et la Bourgogne. Des bateaux amenèrent à Lyon des milliers de malheureux mourant de faim. Le prix du bichet de blé monta de dix sous à soixante : ce qui représenterait aujourd'hui, pour une livre de pain, plus d'un franc. On éleva des cabanes dans la prairie d'Ainay pour y loger les fugitifs; des quêtes furent organisées dans tous les quartiers; le Consulat offrit une prime à ceux qui apporteraient du blé en ville, et le prix du pain redescendit rapidement. Ces mesures permirent de nourrir pendant trois mois les pauvres de la ville et du dehors. Les quêtes, ayant laissé un reliquat de 396 livres 2 sous 6 deniers, les commissaires proposèrent de faire de cette somme le premier fonds d'une institution permanente. Telle est l'origine de l'*Aumône générale*, d'où est sorti plus tard l'hospice de la Charité. L'échevin Jean Broquin rédigea, en 1533, les règlements de cette institution, qui ont servi de modèle à la plupart des établissements de ce genre. Le premier souscripteur et un des premiers administrateurs de l'Aumône générale fut Jean Kléberger ou Kléberg, originaire de Nuremberg. Une statue placée sur le quai de Pierre-Scize, et connue sous le nom de l'*Homme de la Roche*, perpétue la mémoire de ses bienfaits. Il avait épousé une flamande, Pelonne de Bonzin. Sa femme possédait un domaine, un peu au-dessus de Lyon, sur la rive gauche de la Saône. Il en reste une tour à laquelle le nom de la Belle Allemande est resté attaché.

L'INDUSTRIE DE LA SOIE. — François Ier fit un nouveau séjour à Lyon en 1536. Le dauphin qui l'accompagnait, ayant bu un verre d'eau glacée à la suite d'une partie au jeu de paume de Bellecour, mourut des suites de cette imprudence. On accusa le comte de Montecuculi de l'avoir empoisonné, et le gentilhomme italien fut écartelé rue Grenette. La rue François-Dauphin a retenu le nom du jeune prince. Mais ce voyage du roi marque une date autrement importante pour l'histoire lyonnaise. Louis XI, par une ordonnance rendue en 1466, avait voulu établir aux frais de la ville une manufacture royale de tissus de soie et d'or. Le Consulat seconda faiblement une entreprise dont la ville devait avoir la charge et qui constituait un monopole au profit du souverain. Aussi la fondation royale fut-elle transférée à Tours en 1469, mais il était resté quelques tisseurs à Lyon. En 1536, Étienne Turchetti ou Turquet, négociant piémontais, originaire de Cherasco, offrit au consulat de créer, avec l'aide de son compatriote Barthélemy Nariz, des ateliers pour la teinture, le dévidage et le tissage de la soie. Le Consulat consentit un prêt d'argent pour aider à cet établissement qui s'ouvrit dans le quartier Saint-Georges. Cette création eût été peu de chose, sans les privilèges que Turquet et Nariz obtinrent du roi. Par lettres patentes de François Ier, alors à Lyon, leurs ouvriers furent déclarés francs de tout impôt et de tout service de garde ou de milice. Les tisseurs italiens affluèrent aussitôt, de Gênes et de Lucques. En moins de vingt années, l'industrie de la soie occupait à Lyon plus de douze mille ouvriers.

HENRI II. — La fabrication des soieries mit le comble à la prospérité des Lyonnais. Aussi la réception qu'ils firent, le 23 septembre 1548, à Henri II et à Catherine de Médicis. dépassa-t-elle en magnificence tout ce qui s'était vu. Parmi les corps de métiers, tous en pourpoint de velours ou de satin, figuraient la compagnie des imprimeurs et celle des teinturiers, chacune au nombre de plus de quatre cents, et deux cent vingt-six orfèvres. Les cinq nations marchandes, les Lucquois, les Florentins, les Milanais, les Génois et les Allemands, étaient à cheval, en robes de velours ou de drap d'or. Après le clergé, le parlement de Dombes et les notables de la ville, venait le corps consulaire escorté de ses laquais vêtus de satin cramoisi et des mandeurs portant la livrée de la ville. Au nombre des réjouissances, il faut citer la comédie qu'une troupe italienne donna, pour la première fois en France, dans la salle de la Manécanterie. En abordant la seconde moitié du siècle, Lyon aura des destinées moins brillantes. Les guerres de religion vont ensanglanter la cité, et les institutions municipales subiront plusieurs atteintes. Déjà, en 1547, le pouvoir avait tenté de diminuer le nombre des échevins. Par la mort du connétable de Bourbon, tué au siège de Rome, en 1527, le Forez et le Beaujolais étaient rentrés dans le domaine

royal. Ces provinces réunies au Lyonnais formèrent un gouvernement, qui fut confié en 1550 à Jacques d'Albon, maréchal de Saint-André. L'année suivante, il est institué un
intendant des finances, et la sénéchaussée de Lyon est trans-
formée en une cour présidiale. Il sera difficile à la commune
de maintenir sa pleine indépendance, en face de tant de représentants du pouvoir royal. On verra les consuls emprisonnés,
par ordre du roi, pour avoir opposé d'énergiques représentations à une demande d'impôts.

TOPOGRAPHIE DE LYON AU XVIᵉ SIÈCLE. — L'enceinte de la ville avait été reportée en haut de la colline
Saint-Sébastien. Les nouvelles fortifications étaient assez
avancées en 1539, pour qu'on pût démolir l'ancien mur.
Seules les portes du Griffon et de Saint-Marcel subsistèrent
longtemps encore. Sur certains points, des quais et des ports
commencèrent à se construire. Grâce aux ateliers de soierie,
la population s'accrut rapidement. Au moment de la réunion
de Lyon à la France, la population, autant qu'on peut en
juger par le nombre des habitants qui prêtèrent serment,
était de 50.000 âmes. Longtemps stationnaire, elle dépassait
100.000 à la fin du XVIᵉ siècle. C'est à ce subit développement qu'il faut sans doute attribuer l'usage de donner aux
maisons une élévation que ne comportait pas l'étroitesse des
rues. Il est facile de comprendre que la peste causât des
ravages périodiques, dans ces quartiers privés d'air et de
soleil. Ce qui reste du vieux quartier Saint-Paul donne une
idée parfaite de ce qu'était le Lyon du moyen âge. La rue
Grenette était considérée comme une voie très large ; c'est
là que se tenaient les tournois, lorsqu'ils avaient lieu en
ville. Les valets des chevaliers s'exerçaient dans le voisinage,
au jeu du *tupin rompu ;* le nom en est resté à deux rues du
quartier.

Églises. — L'église des Cordeliers, Saint-Bonaventure, commencée en 1326 fut achevée en 1460. C'est une de celles que préféraient les métiers pour y établir le siège de leurs confréries ; on y compta jusqu'à trente chapelles. Vers la même époque, en 1476, se termina la façade de Saint-Jean. Le cardinal de Bourbon, archevêque de Lyon, frère du duc Pierre et beau-frère d'Anne de Beaujeu, fit commencer à ses frais, en 1458, la chapelle des Bourbons. C'est une œuvre remarquable par la richesse et la légèreté des sculptures. L'église Saint-Nizier, où les confrères de la Trinité venaient de construire leur chapelle, avait sa nef et sa flèche septentrionale achevées, à la fin du xve siècle. Depuis 1305, Saint-Nizier était doté d'un chapitre et formait une des églises collégiales de Lyon ; les autres collégiales étaient Saint-Just, Saint-Paul et Notre-Dame de la Platière. En 1536, Philibert Delorme dont le nom devait rester attaché aux résidences royales de Fontainebleau, de Meudon, de Chenonceaux et des Tuileries, construisit le portail de Saint-Nizier. Ce brusque changement de style marquait bien que le gothique avait pris fin dans l'architecture publique comme dans la construction privée.

Habitations. — Les maisons des xvie, xve et même xive siècles ne sont pas rares à Lyon. Il existe des rues presque entièrement composées d'habitations de cette époque. Beaucoup ont été défigurées, les croisées et les façades ont subi des remaniements, des étages ont été ajoutés. Mais leur solide construction les maintient jusqu'au jour où une rectification d'alignement les condamne à tomber. Parmi les plus remarquables, on peut citer : rue Saint-Jean, n° 7, style du xiiie siècle ; n°s 9 et 11, maisons du xve siècle ; l'hôtel du Gouvernement, sur la place de ce nom, bâti vers la fin du xve par Falque d'Aurillac, acheté en 1512 par le comte de Sault,

gouverneur de Lyon, et habité par ses successeurs jusqu'en
1734 ; n° 53, maison construite au commencement du xvi^e
siècle par François d'Estaing, chamarier de Saint-Jean, avec
puits attribué à Philibert Delorme ; rue Juiverie, le n° 4, de
l'époque de François Ier ; les n°s 8 et 10, œuvres de Philibert
Delorme ; le 20, de l'époque ogivale, qui aurait été habité par
Étienne Grôlée ; le 22, remarquable par sa tourelle (1493) ;
le 23, bâti en 1583, dans le style des palais Florentins, par
la famille Dugas ; rue Lainerie, entre plusieurs du même
temps, n° 14, maison à tourelle, avec puits, de forme ovale,
du xve siècle ; rue du Bœuf, n° 16, ancienne demeure des
Croppet de Varissan, du commencement du xve ; place du
Petit-Collège, l'hôtel de Gadagne, du xvie siècle ; **rue Mercière**, n° 68, demeure bâtie en 1542, par Hugues de la Porte.
L'intérieur de plusieurs de ces habitations a été décoré par
des artistes lyonnais, notamment l'hôtel Bullioud, 8, rue
Juiverie, que Stella orna de peintures, au commencement du
siècle suivant. De belles portes et de précieux ouvrages de
serrurerie se voient encore dans ces maisons et dans beaucoup
d'autres moins remarquables, d'ailleurs, par leur architecture.

ARTS INDUSTRIELS. — L'art commence à s'introduire
dans les objets usuels. Il y eut une école lyonnaise de sculpteurs sur bois qui a laissé des œuvres remarquées, et l'art
de l'ameublement, pendant la période de la Renaissance
surtout, a été porté au plus haut point. Le musée de la ville
possède plusieurs bahuts et plusieurs sièges d'un beau dessin,
des panneaux dont un du style ogival (xve siècle), et surtout
une porte provenant d'une maison démolie rue Neuve. On y
voit aussi des armes, des vases sacrés, des ustensiles et
nombre de pièces détachées en fer forgé. A côté de la série
des monnaies lyonnaises, qui est complète depuis la fondation

SAINT-JEAN ET LA MANÉCANTERIE

de la ville jusqu'à nos jours, on trouve tous les jetons du
Consulat, des chapitres et des corps de métiers, plus une médaille commémorative de l'entrée de Charles VIII (1493) et
une autre de l'entrée de Louis XII (1499). Enfin, au musée
industriel de la Bourse, sont les spécimens des premiers
produits de la fabrication lyonnaise des soieries.

BELLES-LETTRES. — Lyon prit une large part dans le
grand mouvement de la Renaissance. Dès 1510, les confrères
de la Trinité avaient ouvert des classes pour leurs enfants,
dans une grange que la confrérie possédait au bord du Rhône.
Les échevins transformèrent cette institution en un collège
(1527), qui eut pour principal Barthélemy Aneau. Bien que
cité industrielle, Lyon possédait une société d'hommes lettrés
comme Claude Bellièvre, président au parlement de Grenoble,
Symphorien Champier, Paradin, doyen de Beaujeu et auteur
d'une histoire de Lyon, Guillaume du Choul, Maurice Scève,
le jurisconsulte Benoît Court, Gabriel Siméoni, Jean du Peyrat,
Pierre Sala, Nicolas de Lange. Plusieurs femmes de cette
époque ont laissé des vers que nous lisons encore : Jeanne
Gaillarde, chantée par Clément Marot qui passa quatre années
à Lyon, Pernette du Guillet, Jeanne Creste, Clémence de
Bourges, et surtout Louise Labé, femme du cordier Ennemond
Perrin, qui est restée célèbre sous le nom de la *Belle Cor-
dière*. Aussi bienfaisante que belle, Louise Labé laissa une
partie de sa fortune aux indigents et à l'Hôtel-Dieu. L'impri-
merie lyonnaise, parvenue à son apogée, est représentée au
XVIᵉ siècle par un groupe d'artistes et de savants. Les plus
célèbres sont Sébastien Gryphe, Guillaume Rouville, Étienne
Dolet et Jean de Tournes ; ce dernier fut le chef d'une dynas-
tie de typographes qui s'est perpétuée à Lyon jusqu'en 1779.
Plusieurs de ces imprimeurs étaient gentilshommes ; ainsi
Horace Cardon, de la famille des ducs italiens de Cardone.

qui a laissé son nom au château de Roche–Cardon à Vaise.
Des graveurs, comme Salomon Bernard, illustraient les
éditions lyonnaises, et des collectionneurs comme Jean
Grôlier, trésorier général de France, les faisaient richement
relier. C'est à Lyon que fut imprimé en 1533, le premier
ouvrage de Rabelais, alors médecin au Grand Hôtel-Dieu.
Vers la même époque, Jean Neyron faisait bâtir un théâtre,
dans le voisinage des Augustins (1540).

ÉTAT SOCIAL, RÉGIME POLITIQUE. — Dans la constitution de la cité, pendant toute la période écoulée, il est un
point qu'il faut d'abord noter. Le droit de cité lyonnaise
n'est point inhérent à la qualité de natif de Lyon. Pour jouir
de ce droit, il faut faire partie d'un métier et satisfaire à
certaines conditions. Au contraire, les étrangers fixés dans
la ville peuvent obtenir, après un séjour de quelque durée,
le droit de bourgeoisie. Au XVIᵉ siècle, malgré les restric-
tions apportées à l'élection des échevins, le principe de nomination par tous les corps de métiers s'est maintenu dans son
intégrité. Les métiers eux-mêmes s'administrent librement ;
en dépit des efforts du pouvoir royal pour introduire les
jurandes à Lyon, les corporations sont encore ouvertes à
tous les artisans. Les rois étaient toujours tentés d'enfreindre
les privilèges stipulés par la charte de 1320. Il en est un que
les Lyonnais défendirent avec un soin jaloux: c'est celui de
garder eux-mêmes leur ville. Les troupes en marche traver-
saient Lyon, avec toutes les formes qui sont observées sur
un territoire neutre. Le plus souvent, le passage des soldats
se faisait par eau, en présence de la milice des pennonnages,
en armes sur les deux rives. Afin de sauver au moins les
apparences des franchises municipales et de ne point subir
la taxe personnelle, le Consulat consentait des *aides* et des
dons gratuits à la couronne: A chaque exigence du roi, la

somme était discutée, puis payée au moyen d'un emprunt.
La ville percevait ensuite des droits sur les denrées alimentaires. Le Consulat prenait, d'ailleurs, à ferme tous les impôts,
même la perception de la douane des soieries. Les fonctions
des échevins étaient donc considérables : ils étaient administrateurs, juges de police, juges prud'hommes dans les faits de
métiers, juges de commerce à raison des privilèges des foires.
Ils se réunissaient, depuis 1424, dans une maison qui va de
la rue de la Fromagerie à la rue Longue, et qui porte le
n° 5. Cette maison servit d'hôtel de ville jusqu'en 1604.

TABLEAU SYNCHRONIQUE

DES SOUVERAINS, DES GARDIATEURS
ET DES ARCHEVÊQUES

Pendant la période du régime consulaire

ROIS		GARDIATEURS		ARCHEVÊQUES	
Louis X le Hutin.	1314	Béraud de Mercœur	1312	Pierre de Savoie.	1308
Philipppe V le Long.	1316				
Charles IV le Bel.	1322				
Philippe VI de Valois.	1328				
		Barthélemy de Chevrier.	1330		
		Philippe de Chavirey.	1333	Guillaume de Sure.	1333
		Barthélemy de Montbrison.	1341	Gui d'Auvergne.	1340
		Pierre de Villeneuve.	1345	Henri de Villars.	1343
		Hugues de Marzeu	1347	Raymond Saquet.	1346
Jean-le-Bon.	1350				

ROIS	GARDIATEURS	ARCHEVÊQUES
		Guillaume de Thu-rey.. 1358
Charles V le Sage 1364	André de Borne-ville. 1366	Charles d'Alençon. 1365
		Jean de Talaru. . 1375
	Archambaud de Cborn.. . . 1377	
Charles VI. . . . 1380		
	Guichard de Saint-Priest. . . . 1387	
		Philippe de Thurey 1389
		Amédée de Talaru. 1415
	Philippe de Bonay. 1416	
Charles VII. . . 1422	Imbert de Grôlée. 1418	
	Théodore de Vau-pergue. . . . 1438	
		Geoffroy de Vassali 1444
	Philibert de Grôlée 1446	Charles de Bourbon 1446
	Tanneguy de Joyeuse. . . . 1460	
Louis XI. . . . 1461	François Rayer. . 1460	
	GOUVERN. DE LYON	
	Tanneguy du Chas-tel. 1463	
Charles VIII. . . 1483		Hugues de Talaru. 1488
Louis XII. . . . 1498	César Borgia. . . 1498	
		André d'Épinay. . 1499
	Jean-Jacques de Trivulce. . . . 1515	
François 1er. . . 1515	Théodore de Tri-vulce. 1529	François de Rohan 1501
	Pomponne de Tri-vulce. 1532	
	François de Tour-non. 1536	Jean de Lorraine. 1537
		Hippolyte d'Este. 1539
	Jean d'Albon. . . 1540	
Henri II. 1547		

VI

LES GOUVERNEURS DU LYONNAIS

— 1550-1789 —

LA RÉFORME A LYON. — C'est vers 1527, dix ans après les premières prédications de Luther, que l'on constate la présence des protestants à Lyon. Les doctrines nouvelles, apportées de Genève par trois disciples de Calvin, les pasteurs Fabry, Fournelier et Claude Monnier, se propagèrent rapidement. Plusieurs causes aidaient à cette diffusion. Tout d'abord, l'hérésie vaudoise avait laissé des adeptes qui trouvaient, en embrassant la réforme, l'occasion d'affirmer publiquement leurs croyances. De plus, une partie de la population gardait mauvais souvenir de l'hostilité des archevêques contre les institutions municipales, et voyait d'un œil jaloux les richesses de l'Église. Mais la cause principale était dans la présence de nombreux étrangers, surtout des imprimeurs, presque tous originaires d'Allemagne. Les protestants se réunirent d'abord dans une hôtellerie de la rue Longue. On y chantait les psaumes de David, traduits en français par

Marot et Théodore de Bèze, et mis en musique par un Lyonnais, Claude Goudimel. Cependant François Ier avait rendu des édits sévères contreles nouveaux religionnaires. On vit, en 1546, l'imprimeur lyonnais Étienne Dolet, brûlé comme hérétique à Paris. A peu d'années de distance, le pasteur Monnier (1551) et cinq jeunes étudiants (1553) subirent le même supplice à Lyon. Pendant ce temps, Calvin, à Genève, envoyait aussi au bûcher Michel Servet, pour crime d'hérésie.

PREMIÈRE TENTATIVE DES PROTESTANTS. — A la mort de Henri II, les chefs du parti protestant voulurent s'emparer de l'autorité en France ; mais la conspiration d'Amboise échoua (1560). Des processions furent ordonnées par le cardinal de Tournon, archevêque de Lyon. Ce fut à l'occasion d'une de ces processions qu'une croix de pierre de Couzon, d'un jaune tirant sur le rouge, fut érigée en haut de la côte Saint-Sébastien : d'où le nom de *Croix-Rousse* qu'a pris ce quartier. Mais les réformés cherchaient à se rendre maîtres de Lyon. A la faveur des foires du mois d'août, ils introduisirent dans la ville des étrangers armés ; puis, dans la nuit du 4 au 5 septembre, sous la conduite d'un jeune Mâconnais, nommé Maligny, ils se répandirent dans les rues et s'emparèrent du pont de Saône. L'abbé de Savigny, Antoine d'Albon, remplissait alors les fonctions de gouverneur, en l'absence du maréchal Saint-André, et le capitaine Sala commandait les arquebusiers de la ville. Ces deux hommes énergiques eurent raison de ce mouvement armé, et Maligny s'enfuit à la hâte par la route de Genève. Malgré le danger qu'ils avaient couru, les bourgeois ne voulurent pas accepter de garnison et invoquèrent le droit de se garder eux-mêmes.

LES PROTESTANTS S'EMPARENT DE LYON. — Ces
événements avaient laissé les esprits très irrités. L'année
suivante (1561), pendant la procession de la Fête-Dieu à Saint-
Nizier, un protestant fanatique se rua sur le prêtre qui
portait le saint-Sacrement; il fut mis à mort le jour même.
Des bandes parcoururent la ville, et la foule, se portant vers
le collège, massacra le principal, Barthélemy Aneau, qu'on
accusait d'être secrètement hérétique. Les réformés appelè-
rent alors à eux le baron des Adrets, chef du parti protestant
dans le Dauphiné. C'était un homme d'une nature féroce,
qu'on peut juger par ce trait. S'étant emparé de Montbrison,
il forçait les prisonniers à sauter du haut d'une tour dans
les fossés du château. Un soldat prit deux fois son élan, sans
franchir le parapet. « Deux fois, c'est trop, lui cria le baron.
— Monseigneur, répartit le soldat, je vous le donne en dix. »
Cette réponse sauva la vie au malheureux. Dans la nuit du
30 avril 1562, les protestants qui avaient été obligés de
transporter leur temple à la Guillotière, s'y rassemblèrent et
vinrent occuper le pont du Rhône. Une troupe des leurs se
dirigea vers l'Hôtel de ville défendu par vingt-cinq hommes
seulement, sous les ordres du capitaine du Peyrat. D'autres
attaquèrent en même temps la porte Saint-Eloi, près de la
douane, où le capitaine du Fenoyl réussit à tenir jusqu'au
jour. Mais le baron des Adrets était introduit par la Guillotière. Mettant ses canons en batterie dans le jardin des
Célestins, il ouvrit le feu contre le cloître Saint-Jean. L'absence
de troupes rendant toute résistance impossible, la ville
capitula.

LE BARON DES ADRETS. — Le comte de Sault, lieutenant du gouverneur, ayant quitté la ville, le commandement
restait entièrement aux mains du baron des Adrets. Jamais,
depuis l'époque des Barbares, pareil traitement n'avait été

infligé aux Lyonnais. Beaucoup d'habitants furent bannis ou
emprisonnés, et leurs maisons pillées. L'enceinte fortifiée de
Saint-Just fut détruite par la mine, ainsi que la magnifique
basilique des Machabées. Toutes les églises de Lyon subirent des dévastations, dont la façade de Saint-Jean porte
encore les marques. Les sectaires ne respectèrent pas même
les tombes, et les restes des martyrs lyonnais, arrachés de
leurs châsses, furent jetés à la Saône. La garde de la ville
fut remise à six mille mercenaires, suisses et protestants,
et le Consulat dut s'adjoindre douze conseillers appartenant
à la religion réformée. Une singulière déclaration informa les
citoyens que « chacun était libre en sa religion, mais qu'on ne
dirait plus de messe. » Ce régime de terreur entraînait la
suspension des foires et la ruine du commerce. Aussi le chef
du parti protestant, le prince de Condé, envoya le prince de
Soubise pour prendre la direction des affaires à Lyon.
Mécontent, le baron des Adrets se retira dans le Dauphiné
et voulut passer au parti catholique. Arrêté par ses anciens coréligionnaires, puis remis en liberté après la paix
religieuse de 1563, il fut de nouveau enfermé à Pierre-
Scize par le gouvernement royal et n'en sortit qu'en 1571.
Il mourut dans son château de la Frette en Dauphiné,
en 1586.

L'AUTORITÉ ROYALE RÉTABLIE. — L'occupation de
Lyon par les protestants dura treize mois. Pendant tout ce
temps, le duc de Nemours tint la ville bloquée, avec une
armée renforcée de mercenaires italiens qui ravageaient le
Lyonnais. Après la pacification d'Amboise (18 mars 1563)
la ville fut remise aux officiers du roi et le culte catholique
rétabli. Les protestants conservèrent deux temples en ville, et
celui de la Guillotière. Un an après, Charles IX, accompagné de sa mère Catherine de Médicis et du jeune Henri de

LE COTEAU DE FOURVIÈRE (COMMENCEMENT DU XVIIIᵉ SIÈCLE)

Navarre. vint à Lyon et fit une entrée en grande pompe, le 13 juin 1564. Le roi logeait rue Saint-Jean, à l'hôtel du Gouvernement; il fit construire dans les dépendances, une salle de spectacle qui subsista jusqu'en 1737. Au grand déplaisir des Lyonnais, qui y voyaient une infraction à l'acte de 1320, Charles IX commença, sur le côteau Saint-Sébastien, la construction d'une citadelle destinée à protéger la ville contre les attaques du dehors et celles du dedans. L'année suivante, le collège de la Trinité, ayant perdu son principal, fut remis au P. Auger, de l'ordre des Jésuites. C'était un homme d'une nature conciliante, qui avait beaucoup contribué à la pacification de la ville. Toutefois, la paix n'était qu'à la surface, et les animosités réciproques n'attendaient qu'une occasion pour se manifester.

VÊPRES LYONNAISES. — Depuis 1569, les fonctions de gouverneur étaient occupées par François de Mandelot. Il fit preuve d'une certaine activité, en rendant la paix et la sécurité aux campagnes dévastées ; mais il manqua complètement d'énergie lorsqu'éclata à Lyon la nouvelle du massacre de la Saint-Barthélemy (24 août 1572). C'était le dimanche (31 août) qui suivit cette journée sanglante. Soit qu'il crût se conformer aux intentions du roi, soit qu'il voulût réellement préserver les protestants contre la foule irritée, Mandelot en fit enfermer un grand nombre à la prison de Roanne, à l'archevêché et au couvent des Célestins. Sur ces entrefaites, arrivèrent de Paris deux fanatiques, se disant porteurs d'un ordre royal. Mandelot sous prétexte de surveiller un mouvement dans le Dauphiné, se retira lâchement à la Guillotière, avec sa garde. Aussitôt une bande composée de gens sans aveu et de mercenaires italiens, se forma sous la conduite d'un vagabond, du nom de Boidon, qui fut plus tard pendu par ordre de justice. Ces assassins firent ce que le bourreau lui—même avait refusé de faire. Ils se répandirent dans les prisons ; un millier de protestants fut massacré, et les cadavres jetés à l'eau portèrent l'épouvante jusqu'en Provence. Ce massacre a gardé le nom de *Vêpres Lyonnaises*.

DÉMOLITION DE LA CITADELLE. — De semblables évènements n'étaient point de nature à ramener le calme dans les esprits. Seule, la défense de l'indépendance communale ralliait tous les Lyonnais. A la mort de Charles IX (1574), Catherine de Médicis vint à Lyon recevoir son plus jeune fils Henri, roi de Pologne, qui se hâtait d'abandonner ses États pour recueillir la succession de son frère. Le nouveau roi visita Lyon à deux autres reprises, en 1575 et 1583. Lors de son dernier séjour, le Consulat lui avait demandé la démolition de la citadelle Saint-Sébastien. Henri III ayant refusé, les Lyonnais résolurent de s'en emparer. Le 2 mai 1585, Mandelot attira dans son hôtel le commandant, pour lui communiquer certaines dépêches de la Cour. Aussitôt, trois milices des compagnies bourgeoises se glissèrent à l'intérieur de la citadelle, par une porte que livra un sergent-major, et s'en rendirent maîtres sans coup férir. Le roi se montra d'abord très courroucé de l'affront qui lui était fait, mais il était dans l'impossibilité d'en demander raison. Aussi le Consulat ayant offert 40.000 livres pour obtenir la permission de démolir la forteresse royale, Henri III accepta. La citadelle fut si complètement détruite que les historiens lyonnais n'ont jamais pu en déterminer l'emplacement exact. Une rue de la Croix-Rousse en a toutefois conservé le nom jusqu'à ces derniers temps.

LYON PENDANT LA LIGUE. — La France était désolée par la guerre civile. Lyon ne pouvait manquer d'incliner vers la Ligue formée en 1576. Tout l'y poussait, l'esprit général de la population qui espérait toujours, à la faveur d'une complication, ressaisir ses anciennes franchises communales, et l'attachement des vieilles familles à la foi catholique. Mandelot avait eu pour successeur le jeune duc de Nemours, par sa mère frère des Guise, les chefs des ligueurs. A la nouvelle de l'assassinat, à Blois, du duc de Guise et du cardinal de Lorraine (1588), les échevins et les notables lyonnais, réunis à l'Hôtel de ville, donnèrent une adhésion formelle à la Ligue. Un an après, Henri III tombait sous le couteau de Jacques Clément, et les ligueurs proclamaient roi le cardinal de Bourbon, sous le nom de Charles X. Bientôt la mort du cardinal (1590) réveilla les prétentions de Mayenne, le chef de la Ligue, et celles du duc de Nemours lui-même. En toute prévision, le jeune gouverneur de Lyon travaillait à se créer une souveraineté indépendante, composée du Lyonnais, de la basse Bourgogne et du Dauphiné. Mais Mayenne envoya, pour le surveiller, l'archevêque de Lyon, Pierre d'Épinac. Le Consulat donna le signal de la révolte contre le gouverneur, et Nemours fut enfermé au château de Pierre-Scize (1594).

LYON SE SOUMET A HENRI IV. — Cependant le marquis de Saint-Sorlin, frère du duc de Nemours et son lieutenant, tenait la campagne, à la tête d'une armée, et menaçait la ville si le Consulat ne relâchait pas le gouverneur. D'autre part, le colonel d'Ornano commandait pour Henri IV dans le Dauphiné et se rapprochait de la Guillotière. Lyon ne pouvait échapper aux soldats de Saint-Sorlin qu'en se donnant au roi. Celui-ci avait écrit de sa main aux échevins. Son abjuration publique avait eu lieu, d'ailleurs, le 25 juillet 1593, et cet acte enlevait tout motif d'hésitation aux catholiques lyonnais. Malgré les efforts de l'archevêque d'Épinac, les bourgeois ouvrirent donc leurs portes aux troupes roya-

les,. le 7 février 1594, et Alphonse d'Ornano fut nommé
gouverneur du Lyonnais. Henri IV vint à Lyon l'année suivante. Des fêtes splendides lui furent données ; les principaux
ligueurs firent leur soumission ; l'historien Claude Rubys,
qui avait pris une part active aux menées de la Ligue, obtint
sa grâce ; Pierre d'Épinac lui-même se porta à la rencontre
du roi, à la tête de son clergé. Mais Henri IV ne perdait pas
de vue les intérêts de la couronne. Malgré la soumission des
Lyonnais, et contrairement à tous leurs privilèges, une garnison de six cents Suisses fut imposée à la ville. Le corps
consulaire ne se composa plus que de quatre échevins et d'un
prévôt des marchands, comme à Paris, et le roi lui-même
s'attribua le droit de nommer deux des quatre échevins pour
l'année 1596. Le pouvoir royal espérait avoir une action plus
facile sur des élections ainsi réduites, et il lui arrivera plus
d'une fois d'annuler les choix qui lui seront désagréables. En
outre, les échevins ne furent plus rendus responsables,
comme ils l'avaient été jusqu'alors, des opérations engagées
pour le compte de la commune.

PROSPÉRITÉ COMMERCIALE. — Lyon, traité sur le
pied d'une ville du domaine royal, dut subir cette double
atteinte à ses franchises politiques. Ses habitants furent plus
heureux dans la défense de leurs libertés industrielles et de
leurs privilèges commerciaux. A plusieurs reprises, le pou
voir royal avait essayé d'introduire à Lyon les jurandes et
les maîtrises, dont la concession était une source de revenus
pour le trésor. Cette tentative fut renouvelée en 1606. Le
Consulat opposa, comme toujours, une résistance énergique,
résistance d'autant plus courageuse que les artisans ont, de
tout temps, incliné vers les mesures prohibitives. Quelques
métiers seulement s'organisèrent en jurande : les orfèvres,
les barbiers-chirurgiens, les serruriers et les apothicaires.

Henri IV rétablit les foires suspendues depuis plusieurs années et confirma toutes les faveurs accordées par ses prédécesseurs. Les privilèges de la douane furent même étendus en 1603 : toutes les marchandises du Dauphiné et de la Provence, destinées à l'exportation, durent être entreposées à Lyon. La plantation des mûriers et le moulinage de la soie reçurent de nombreux encouragements. Enfin l'introduction, en 1605, des métiers pour tissus façonnés, due à Claude Dagon, ouvrit pour la fabrique lyonnaise une ère de prospérité commerciale qui se poursuivra jusqu'au milieu du XVIIᵉ siècle.

TRAITÉ DE LYON. — Henri IV fit un dernier voyage à Lyon, en 1600. Il allait conduire une campagne contre le duc de Savoie qui, pendant les troubles de la Ligue, avait occupé le marquisat de Saluces. Au cours de la guerre, il revint à Lyon, où son mariage avec Marie de Médicis fut célébré dans l'église Saint-Jean, le 9 décembre. La jeune reine, arrivant de Florence, avait précédé le roi de quelques jours ; elle fit son entrée par le faubourg de la Guillotière et alla loger à l'archevêché. Le 17 janvier 1601, par le traité dit de Lyon, le duc de Savoie abandonnait à la France, en échange du marquisat de Saluces, la Bresse, le Bugey, le Valromey et le pays de Gex. Ce traité fut des mieux accueillis par la ville de Lyon, qui cessait ainsi de se trouver sur la frontière, exposée aux tentatives des Suisses et des Impériaux. Le dernier acte d'Henri IV, intéressant le Lyonnais, fut la nomination, comme gouverneur, de Charles de Neuville, marquis d'Halincourt, duc de Villeroy (1608). Le gouvernement du Lyonnais devint comme une sorte d'apanage de la famille de Villeroy, dont les descendants occupaient encore ce poste au moment de la Révolution. Cette même année 1608, au mois de février, il y eut une accumulation de glaces sur la

Saône, qui menacèrent pendant quelques jours la ville et qui
se dissipèrent fort heureusement.

LOUIS XIII. — Deux ans après, Henri IV tombait assassiné par Ravaillac (1610). Le Consulat s'empressa de reconnaître Louis XIII enfant comme roi et la reine mère comme
régente ; mais il réclama les clefs de la ville indûment déte-
nues par les précédents gouverneurs. Cette réclamation resta
sans effet auprès de l'autorité royale. En 1622 le jeune roi
voulut, à l'exemple de ses prédécesseurs, faire son entrée
solennelle à Lyon. Les splendeurs de cette fête nous ont été
conservées par les chroniques et par la gravure. Le cortège,
comme celui de Marie de Médicis, partit du château de la
Motte et se rendit de Bellecour à l'archevêché, par un pont
de bois construit sur la Saône pour la circonstance. Alors
s'achevait aussi les bâtiments de l'hospice de la Charité,
élevés par les recteurs de l'Aumône générale ; la première
pierre avait été posée le 16 janvier 1617. On y réunit les
filles de Sainte-Catherine et les garçons de la Chana, ainsi
que les mendiants jusqu'alors recueillis à Saint-Laurent-
des-Vignes. Ce dernier hôpital, en cas d'épidémie, servait
de quarantaine. Il devait se présenter bientôt une occasion
de l'affecter à cet usage.

PESTE DE 1628. — Bien des fois la peste avait ravagé
Lyon, mais jamais épidémie ne fut comparable à celle de
1628. Le mal semblait s'attacher de préférence aux quartiers
aérés et aux habitations aisées ; on remarqua pourtant qu'il
n'atteignit pas les parties élevées du coteau Saint-Sébastien.
L'hôpital de la Quarantaine fut bientôt insuffisant, les rues
étaient jonchées de cadavres, on enterrait les morts jusque
dans les caves. Cinquante mille personnes succombèrent dans
cette épidémie qui ne cessa qu'en 1629, après avoir duré

une année. L'histoire doit enregistrer les noms de l'archevêque Alphonse de Richelieu, de l'échevin Bayle, et des deux conseillers Sylvecane et Mélier, membres de la sénéchaussée et du présidial ; restés seuls de tous les administrateurs de la ville, ils donnèrent l'exemple du plus admirable dévouement. Un retour de ce terrible fléau en 1643, fut l'occasion d'un vœu du Consulat. C'est l'origine de la cérémonie religieuse qui s'accomplit encore tous les ans à Fourvière, le 8 septembre. Lyon réussit au moins à se préserver de la famine qui accompagne trop souvent les autres fléaux. L'Aumône générale ne nourrit pas moins de vingt mille pauvres par jour, pendant l'année de la peste.

DIFFICULTÉS FINANCIÈRES. — Cependant, avec une population considérablement diminuée et appauvrie par la suspension des affaires, la ville devait encore faire face aux exigences constantes du fisc royal. La dette de la municipalité s'était élevée au chiffre énorme pour l'époque, d'un million de livres, et l'intendant Sully avait réduit d'office les intérêts et même une partie des créances. La brutalité des traitants chargés de percevoir les nouvelles taxes occasionna plusieurs fois des émeutes. Il fallut, pour rétablir l'ordre, que le Consulat, par un retour aux anciennes pratiques, fût rendu adjudicataire des impôts à recouvrer (1640). Cette lutte sur le terrain financier, entre la cour et la ville, se poursuivit jusqu'à la Révolution. Les Lyonnais n'en étaient pas moins attachés à la nationalité française, ainsi qu'ils l'ont montré en toute circonstance. En 1636, au cours des démêlés de la commune avec les traitants, les Impériaux pénétrent en Bourgogne, et Mâcon est menacé d'un siège. Aussitôt le Consulat offre aux Mâconnais de recevoir leurs femmes et leurs enfants, pendant la durée des hostilités ; en même temps, il envoie la compagnie des arquebusiers de la ville pour aider à la défense de Mâcon. Le siège n'eut pas lieu, grâce à la diversion qu'opéra le duc d'Alsace, Bernard, en battant les Impériaux en Franche-Comté.

CINQ-MARS ET DE THOU. — Au printemps de l'année 1642, Louis XIII et son ministre, le cardinal de Richelieu, passèrent à Lyon, se rendant au siège de Perpignan, alors occupé par les Espagnols. Le roi avait pour favori le jeune d'Effiat, marquis de Cinq-Mars, qu'il avait nommé son grand écuyer. Cinq-Mars eut un moment l'ambition de supplanter Richelieu. Mais, forcé de renoncer à cet espoir, il s'égara, dans une pensée de vengeance, jusqu'à négocier avec les Espagnols. Richelieu surprit ce complot qui mettait l'État en danger et menaçait sa propre vie. Il fit arrêter Cinq-Mars et, avec lui, son ami de Thou, jeune lyonnais, fils de l'historien. Tout le crime de ce dernier consistait à avoir eu connaissance du complot et à ne pas l'avoir révélé. Les deux prisonniers furent amenés à Lyon. Le cardinal y arrivait en même temps qu'eux, voyageant dans une immense litière que dix-huit gentilshommes de sa garde portaient sur leurs épaules. Cinq-Mars et de Thou étaient enfermés au château de Pierre-Scize. Ils comparurent devant une commission présidée par le chancelier Séguier, avec Laubardemont, du parlement de Grenoble, pour procureur. Les deux accusés furent condamnés à mort : Cinq-Mars, comme coupable de trahison, de Thou, en vertu d'une ordonnance rendue par Louis XI qui assimilaít les non-révélateurs aux auteurs du crime qu'ils n'avaient pas dénoncé. Richelieu n'avait pas voulu quitter Lyon avant que le jugement eût été rendu. La sentence fut exécutée le jour même, 22 septembre 1642. Tout avait été préparé d'avance sur la place des Terreaux, gardée par douze cents hommes des pennonnages. Une heure après que le cardinal, se dirigeant sur Paris, eût franchi la porte de Vaise, Cinq-Mars et de

Thou montaient sur l'échafaud. Les deux amis, après s'être embrassés, tendirent leurs têtes au bourreau et moururent héroïquement.

CONSTRUCTION DE L'HÔTEL DE VILLE. — Richelieu survécut peu à son triomphe. Louis XIII le suivit de près dans la tombe (1643), laissant le pouvoir à un enfant de cinq ans. A chaque changement de souverain, c'était de nouveaux dons gratuits exigés par la cour, pour la confirmation de ce qui restait aux Lyonnais de leurs franchises communales. Toutefois le Consulat, en se faisant adjuger la perception des taxes et des droits de douane, réalisait certains bénéfices. Ces épargnes atteignaient en 1646, un chiffre suffisant pour que la cité pût enfin se donner un Hôtel de ville digne d'elle. Depuis 1604, les échevins occupaient l'hôtel de la Couronne, dont les restes, dit M. de Valous, l'historien des Hôtels de ville de Lyon, subsistent au n° 13 de la rue de la Poulaillerie, et méritent de fixer l'attention des curieux, non seulement à titre de témoignage matériel, le seul subsistant, d'une demeure municipale, mais comme spécimen de plus en plus rare de l'architecture privée de la fin du xve siècle. Le lieu choisi pour élever le nouvel Hôtel de ville, fut l'emplacement vague des Terreaux. La construction du monument fut confiée à l'architecte Simon Maupin ; il eut pour collaborateur le géomètre Gérard Désargues. L'œuvre, assez avancée en 1651 pour que la municipalité s'y installât, fut achevée en neuf années. La dépense totale s'était élevée à 1.500.000 livres, ce qui vaudrait 10 millions aujourd'hui. Des fêtes y furent données, lors d'un séjour de deux mois que la cour fit à Lyon en 1658. A côté de l'Hôtel de ville, les dames nobles de Saint-Pierre faisaient élever (1667), sur les plans de la Valfenière, le bâtiment affecté maintenant aux musées, et connu sous le nom de palais Saint-Pierre ou palais

des Arts. Trente ans ne s'étaient pas écoulés depuis la fondation de l'Hôtel de ville, qu'un incendie (1674) détruisit la façade
de ce monument et toutes les peintures intérieures dues au
pinceau de Blanchet. La façade fut reconstruite par Mansart
en 1702.

Règlement industriel. — En prenant la direction
des affaires, Colbert renouvela les efforts de ses prédécesseurs
pour établir les maîtrises à Lyon (1664); mais les métiers
se défendirent énergiquement. De même le Consulat repoussa
toute mesure tendant à prohiber l'importation des étoffes
étrangères. Dès cette époque, les Lyonnais étaient donc les
défenseurs de la liberté du travail et des transactions. Cependant l'industrie de la soierie finit par subir un règlement
dont l'application soulèvera plusieurs *rebeynes* ou émeutes.
Chaque corps de métiers avait ses statuts. La communauté
des maîtres ouvriers en soie n'admettait au nombre de ses
membres que ceux qui, ayant subi un apprentissage, travaillaient de leurs mains. Or, il existait depuis longtemps des
négociants fournissant les matières à des ouvriers et faisant
tisser à façon ; quelques-uns d'entre eux occupaient jusqu'à
mille ouvriers. En 1667, Colbert imposa un règlement qui
forçait la corporation à admettre « tous ceux qui travaillaient
ou faisaient travailler. » Ce que redoutaient les maîtres
ouvriers, c'était la prépondérance des nouveaux admis. Elle
ne tarda pas, en effet, à se faire sentir : lors de l'élection des
six maîtres-gardes, chargés des intérêts de la communauté,
les marchands non ouvriers s'attribuèrent quatre nomi-
nations.

Révocation de l'édit de Nantes. — Le règlement
de 1667 atteignait les seuls fabricants dans leurs rapports
entre eux ; la révocation de l'édit de Nantes (1685) frappa

l'industrie elle-même. La fabrique occupait alors dix-huit mille métiers. Aux industries anciennes étaient venus se joindre le tréfilage d'or, dont Honorat avait fondé la première manufacture (1640), la fabrication des crêpes, due à Blanchet (1649), celle des tapisseries (1650), enfin celle des bas de soie, importée d'Angleterre par James Fournier (1663). Dans la même période, Ottavio Mey inventait l'art de lustrer la soie. On vit en peu d'années le nombre des métiers diminuer de plus de moitié, et les protestants expulsés portèrent la fabrication des soieries en Suisse, en Allemagne et en Angleterre. La disette mit le comble à ce désastre (1693). Une émeute éclata dans toute la ville. L'archevêque Camille de Villeroy, lieutenant du gouverneur, se fit apporter, vieux et souffrant, de Neuville, et parvint à dissiper les séditieux. Des mesures furent aussitôt prises par le Consulat, pour faire arriver des grains en quantité suffisante. Un nouveau règlement, réorganisa l'institution de l'Abondance, qui avait pour but d'acheter des blés et de maintenir le bas prix du pain (1694). La direction de ce service était même, depuis 1643, confiée à un comité spécial, dit la Chambre de l'Abondance.

VENTE DES OFFICES. — Les besoins croissants du trésor royal ramenèrent, sous une autre forme, la question des maîtrises. Pontchartrain, le successeur de Colbert, créa des offices héréditaires de maîtres-gardes, jurés et syndics (1692). Voulant à tout prix conserver leur indépendance, les corporations lyonnaises contractèrent des emprunts pour acheter elles-mêmes ces offices. Grevés de dettes énormes, les métiers seront désormais forcés de vendre le droit de maîtrise à ceux qui voudront entrer dans la communauté. Comme de nouvelles exigences nécessiteront de nouveaux emprunts, cet état se perpétuera jusqu'à la Révolution. Mais ce ne sont pas les

métiers seuls qui subirent les conséquences de la mise en
vente des offices. Déjà, des ordonnances royales avaient créé
plusieurs charges de juges au tribunal des foires (1654) et
divers emplois que le Consulat avait dû racheter. En 1694,
un édit transforme en titres héréditaires les emplois des
capitaines et officiers des pennonnages. Puis c'est l'échevinage
même qui est atteint en 1699, par la création d'offices de
lieutenant général de police et de lieutenant du prévôt. Il
fallut débourser plus de 6 millions pour conserver à la ville
ses privilèges et assurer au Consulat la nomination des titu-
laires. En même temps, les gouverneurs se faisaient attribuer,
à titre de subside, de véritables listes civiles, dont le montant,
était dépensé plus à Versailles qu'à Lyon.

FIN DU RÈGNE DE LOUIS XIV. — Les charges qui
pesaient sur la ville ne l'empêchèrent pas de recevoir d'une
façon très brillante les petits-fils du roi, les ducs de Bourgogne et de Berri (1701). Dans le programme des réjouissances publiques figure une illumination générale des hauteurs
de Fourvière et des Chartreux : c'est la première dont il
soit fait mention. Les jeunes princes visitèrent la bibliothèque du Collège, qui comptait déjà quarante mille volumes.
L'année suivante (1702) une Chambre de commerce fut
établie à Lyon. En 1706 Mansart commença la construction
de la Loge du change, achevée par Soufflot en 1747. Les
lyonnais n'eurent point seulement à souffrir des calamités
générales qui attristèrent la fin du règne de Louis XIV. La
rigueur du froid, en 1709, fut telle que les deux fleuves
furent entièrement gelés et que le Rhône portait des char-
rettes. Cet hiver, terrible à une époque où l'usage de la
houille était inconnu, fut suivi d'une disette. Malgré les
réserves que l'Abondance mit à la disposition du Consulat,
la famine resta une des plus poignantes qu'on eût vues. Enfin

LE PONT DE LA GUILLOTIÈRE ET L'HOTEL-DIEU (COMMENCEMENT DU XVIII SIÈCLE)

l'année 1711 fut marquée, au printemps, par une inondation qui dévasta toute la partie comprise entre les deux
rivières.

ACCIDENT SUR LE PONT DU RHONE. — On n'avait pas
encore effacé les traces de l'inondation qu'un second événement répandit le deuil dans la ville. Chaque année, une
grande foule se portait à Saint-Denis de Bron, le dimanche
de la fête patronale. D'après un usage qui remontait sans
doute aux dionysiaques antiques, les passants pouvaient
s'adresser les quolibets les plus osés, sans que personne eût
le droit de s'en offenser. La journée du 11 octobre 1711 se
trouvant fort belle, l'affluence était considérable. Aussi, quand
vint la nuit, se produisit-il un encombrement pour rentrer en
ville. Il n'y avait alors d'autre pont que celui de la Guillotière. Beaucoup plus étroit qu'aujourd'hui, il se prolongeait,
sur dix-sept arches, jusqu'au bout de la place qui est sur la
rive gauche du Rhône. Pendant que la foule, engagée dans ce
long couloir, s'écoulait péniblement, une voiture marchant
en sens contraire, se présenta à l'autre extrémité. C'était
celle de Mme de Servient, se rendant à son domaine de la
Part-Dieu. Bientôt la voiture est renversée et le passage
complètement obstrué. Ce fut un étouffement général ; des
malheureux sont soulevés par la pressée de la foule et pré-
cipités dans le Rhône. Aussitôt prévenu, le prévôt des marchands se fait transporter par bateau à la Guillotière et
parvient à grand peine à faire enfin rétrograder la multitude.
Deux cent trente-huit personnes moururent écrasées, sans
compter les noyés dont on ne sut pas le nombre. C'est en
expiation du malheur dont elle avait été la cause involon-
taire, que Mme de Servient légua aux hôpitaux son domaine
de la Part-Dieu. Tout le quartier des Brotteaux s'est élevé
sur ces terrains. Estimés alors au prix de deux cent mille

livres, il en a déjà été vendu pour plus de vingt millions de francs par l'administration hospitalière.

LE SYSTÈME DE LAW. — On a pu dire avec raison que l'histoire de Lyon, au dix-huitième siècle, est l'histoire de ses embarras financiers. Sa dette que Sully avait trouvée d'un million en 1540, s'était élevée à quatorze, au moment de l'avènement de Louis XV (1715) ; elle passera trente millions avant la fin du siècle. Ce sont, à toute occasion, de nouvelles exigences de la couronne, sous forme de subsides, dons gratuits, création d'offices qu'il faut racheter. La ville eut un moment l'espoir de voir réduire ses charges. L'écossais Jean Law, auteur d'un système financier qui tendait à remplacer les espèces monnayées par du papier, fit prendre au Trésor une partie de la dette de Lyon. Les créanciers furent payés avec des titres de la banque que Law avait fondée. Une réduction de tous les impôts s'ensuivit immédiatement. Mais la banqueroute de Law (1720) obligea bientôt la ville à rembourser les titres désormais sans valeur et à rétablir les impôts. Le Consulat put néanmoins poursuivre un ensemble de travaux d'embellissement et des créations utiles, dont l'exécution remplit tout le règne de Louis XV.

TRAVAUX PUBLICS. — Une statue de Louis XIV, par Desjardins, avait été élevée en 1713, au milieu de la place de Bellecour. De chaque côté du piédestal en marbre, sculpté par Chabry, on plaça les figures colossales en bronze, du Rhône et de la Saône, œuvres des deux Coustou ; elles sont maintenant dans le vestibule de l'Hôtel de ville. Soufflot faisait les plans de la grande façade de l'Hôtel-Dieu sur le Rhône (1737), achevait la Loge du Change (1747), le dôme des Chartreux (1748), et construisait le théâtre (1756) rebâti en 1828. En même temps que les administrateurs de l'Hôtel-

Dieu, entreprenaient leurs travaux, les quais du Rhône se commençaient. Cette vaste entreprise, vivement conduite depuis le pont de la Guillotière jusqu'au port Saint-Clair, fut achevée en sept années. La création de ces quais permit l'établissement d'une route pour Genève, tout le long de la rive droite du Rhône. Enfin, Perrache et Morand dotèrent la ville de deux quartiers nouveaux. Le premier commençait en 1768, au-dessous d'Ainay, une double ligne de quais destinée à reculer le confluent des deux fleuves. Le second construisait en 1774 le pont auquel il a laissé son nom. Morand rencontra certains obstacles suscités par l'administration de l'Hôtel-Dieu, qui était loin de se douter de la valeur que le nouveau pont allait donner à son domaine.

LES LETTRES ROYALES DE MAITRISE. — Cependant, l'application du règlement de 1667, relatif à la soierie, soulevait des conflits perpétuels, et plus d'une fois le sang coula. La corporation comprenait des ouvriers à façon, des maîtres ouvriers achetant la soie et tissant pour leur compte, et des marchands non ouvriers. Ces derniers cherchaient à faire disparaître la classe intermédiaire. Ils réussirent à obtenir, en 1731, un arrêt qui interdisait à tout maître ouvrier de vendre ses produits et lui défendait d'occuper chez lui plus de quatre métiers. Ces dispositions furent rapportées, puis rétablies en 1744. Ce fut le signal d'un mouvement auquel s'associèrent des ouvriers d'autres métiers. Se trouvant dans l'impuissance de réprimer l'émeute, le Consulat consentit à toutes les réclamations formulées par les artisans. La cour sanctionna ces concessions, et chaque métier se mit à réviser ses règlements. Mais l'année suivante (1745), le vicomte de Lautrec est envoyé à Lyon, avec un corps de troupes. La ville est mise en état de siège ; les moteurs de l'insurrection sont poursuivis et deux d'entre eux pendus ;

plusieurs autres subissent l'amende et la prison. Bientôt une
ordonnance royale supprime le droit d'entrée que payait
chaque membre, au moment de son admission dans la corporation. Le roi établit à son profit des lettres de maîtrise,
dont le prix n'était plus accessible à de simples artisans.
Ainsi fut consommée la division de la communauté en deux
classes entièrement distinctes.

PROGRÈS INDUSTRIELS. — Au milieu de ces conflits,
l'industrie lyonnaise n'en suivait pas moins une progression
constante. Vaucanson était venu à Lyon, l'année de la sédi-
tion, comme inspecteur des manufactures. Il apporta plusieurs perfectionnements au métier à tisser; mais les
ouvriers, imbus du préjugé que toute machine est contraire
à leurs intérêts, poursuivirent l'inventeur à coups de pierre.
Un peu plus tard, Philippe de la Salle (1723-1804), élève du
peintre Sarrabat, introduit dans le tissage des soieries façon-
nées les dessins de fleurs et de fruits; Simonet importe la
fabrique des mousselines à Tarare (1756). De grandes fortunes particulières commencent à s'édifier dans le commerce
lyonnais. Une des plus remarquables est celle d'Antoine
Tolozan, dont le fils devint prévôt des marchands. Parti d'un
village du Dauphiné, avec vingt-quatre sous dans sa poche,
Tolozan entra dans le commerce de la soierie et y réalisa
une fortune considérable. En 1740 et 1746, il fit bâtir les
deux maisons qui portent encore son nom, et acheta la
seigneurie de Montfort, à Chasselay.

DERNIÈRE FORME DU CONSULAT. — Les temps appro-
chaient où le pouvoir royal allait achever d'absorber l'autorité communale. Une rivalité séculaire dans les attributions
et dans la préséance existait entre les échevins et les magistrats de la sénéchaussée et siège présidial. Devenue aussi

cour des monnaies depuis 1705, la sénéchaussée dénonça la gestion financière du Consulat qui n'était pas à l'abri de tout reproche. Des excédents de recettes étaient parfois employés en gratifications mal justifiées. Il y avait même des allocations personnelles aux échevins, sous forme de jetons de présence, d'indemnités pour costumes officiels, de frais de repas et de fêtes. Le ministre Choiseul en tira prétexte pour refondre l'ancienne organisation. Il lui substitua, le 31 août 1764, un corps de ville composé d'un prévôt des marchands nommé par le roi, de quatre échevins et de douze autres conseillers élus par les notables. En certains cas, la municipalité devait s'adjoindre dix-neuf notables pris dans la sénéchaussé e, leclergé, la noblesse, les communautés des avocats, des notaires, des avoués, et les corporations marchandes. D'autre part, l'institution des pennonnages était bien déchue. De trente-huit, le nombre des compagnies avait été réduit à vingt-huit (1746). Dépossédées du droit d'élire leurs chefs, les compagnies avaient perdu l'esprit de corps : les bourgeois délaissaient le service, se faisaient remplacer et souvent n'avaient pas d'armes. A peine, au milieu du siècle, se trouvait-il cinq mille hommes dans les milices.

TURGOT. — L'année 1774 vit l'avènement de Louis XVI et l'entrée de Turgot aux affaires. Le nouveau ministre voulut réformer le système général des impôts et rompre avec les mauvaises pratiques financières. Une de ses premières mesures fut de supprimer les entraves qui s'opposaient à la circulation des grains et de prononcer l'abolition des maîtrises et jurandes. De tout temps, le Consulat avait cherché, au moyen d'approvisionnements permanents, à conjurer les famines qui frappaient périodiquement les populations. Mais cette organisation était fort onéreuse pour la ville, et la libre circulation des grains étant désormais assu-

rée, le grenier de l'Abondance fut désaffecté ; c'est aujour-
d'hui la caserne de Serin. Quant à l'abolition des maîtrises
(1776), elle rencontra chez les Lyonnais une opposition aussi
vive que celle qu'ils avaient témoignée contre leur établissement. Le rachat des offices créés par Pontchartrain
avait grevé les métiers de dettes considérables. Il fallait
assurer le paiement des emprunts, et le seul expédient que
voyaient les corporations, c'était la vente du droit de
maîtrise. Turgot fut sacrifié aux intrigues de cour et aux
réclamations intéressées des classes privilégiées. Par un édit
de janvier 1777, quarante et une corporations furent main-
tenues en jurande; quelques métiers fusionnèrent entre eux ;
d'autres professions furent déclarées libres. Le nombre des
métiers, qui était avant cette mesure d'une soixantaine, se
rouva donc réduit d'un tiers. Tous durent vendre les pro-
priétés qu'ils possédaient.

ÉMEUTES POPULAIRES. — Cependant, le malaise dont
souffraient toutes les parties du corps social allait croissant.
Une violente émeute, au fond de laquelle il n'y avait, à la
vérité, qu'une question de salaires, éclate en 1786. Les maîtres
ouvriers de la fabrique de soie et les chapeliers réclamaient
une augmentation de tarifs qui fut refusée. Aussitôt les ateliers
sont désertés et des bandes parcourent les rues en insultant
la milice. Les comtes de Saint-Jean se portèrent en médiateurs ;
les augmentations de tarifs furent consenties, et l'ordre
momentanément rétabli. Mais le pouvoir royal annula les
conventions. Des troupes furent envoyées, et trois des plus
compromis parmi les ouvriers furent pendus, malgré les
instances du chapitre. Un des chanoines provoqua même, à
cette occasion, le baron d'Yzeron, prévôt de la maréchaussée,
et le tua en duel. L'état de misère de la population se trouva
porté à son comble en 1788. Ce fut donc avec un sentiment

de soulagement que les Lyonnais accueillirent la convocation des états généraux, dont la réunion, le 5 mai 1789, marqua la fin de l'ancien régime. Tout en France appelait une réforme. L'accomplissement de cette grande œuvre n'eut pas lieu sans secousses, à cause de la résistance qu'y opposèrent les classes supérieures et de l'ignorance où se trouvaient les masses.

TOPOGRAPHIE DE LYON AU XVIII° SIÈCLE. — L'enceinte de la ville n'avait pas subi de modification depuis 1537; mais les deux faubourgs de la Croix-Rousse et de la Guillotière avaient pris de grands développements. Celui de la Croix-Rousse faisait partie de la paroisse de Cuire; l'étendue en fut déterminée par arrêt du 4 mai 1680. Se réclamant de leur qualité de francs-lyonnais, les habitants de la Croix-Rousse réussirent longtemps à se soustraire aux droits et octrois établis dans les faubourgs de Lyon. Ils y furent définitivement assujettis par les ordonnances de 1772 et 1773. Le territoire de la Guillotière, ou de Béchevelin suivant l'appellation plus ancienne de ce quartier, était un perpétuel objet de litige entre la sénéchaussée de Lyon et le parlement de Grenoble. Un premier acte de délimitation avait eu lieu le 14 août 1479. En 1701, un arrêt du Conseil d'État déclara la Guillotière faubourg de Lyon. Il avait fallu élargir le pont de la Guillotière trop étroit pour livrer passage à deux voitures. Ainsi terminé, il mesurait 7^m,50 de large, 493 mètres de longueur et 352 de débouché. L'établissement des quais du Rhône, au commencement du XVIII° siècle, entraîna la démolition du mur qui fermait la ville sur la rive droite du fleuve. Les travaux entrepris par Perrache amenèrent la suppression des remparts d'Ainay. Au moment de la Révolution, Lyon avait une population de 150,000 habitants, dont 58.000 occupés à la fabrication des soieries; le nombre des

métiers était de 15.000. Dès la fin du xvie siècle, les rues de
la ville étaient éclairées la nuit, par un millier de lanternes ;
peu après, des fiacres firent leur apparition.

ÉDIFICES. — Nous avons vu, cités en leur temps, l'Hôtel
de ville, bâti par Simon Maupin, le palais Saint-Pierre, œuvre
de La Valfenière, la grande façade de l'Hôtel-Dieu, la loge
du Change et le Théâtre, de Soufflot. A ces monuments il
faut ajouter le Collège reconstruit vers la fin du règne de
Louis XIII et le beau vaisseau de la Bibliothèque, œuvre d'un
Lyonnais, le père Martellange. C'est lui qui dressa aussi les
plans de l'hospice de la Charité. En 1616, l'hôtel de Roanne
où siégeait la sénéchaussée, fut réédifié ; il a été remplacé par
le palais de Justice. Les principales églises construites pendant la même période sont : celle de l'Hôtel-Dieu (1637),
Saint-Just (1661), Saint-Vincent (1759) et Saint-Polycarpe
(1760). Citons encore trois constructions qui ont été depuis
affectées à des institutions publiques : le couvent des Augustins
et celui de l'Observance, occupés, l'un par l'école la Martinière, l'autre par l'école vétérinaire, et celui de la Visitation
(1630) où est installé l'hospice de l'Antiquaille.

HABITATIONS. — L'époque de Louis XIII marque particulièrement dans l'histoire de la construction lyonnaise. Il
y eut, au commencement du xviie siècle, un travail général
de réfection, assez semblable à celui que nous avons vu vers
le milieu du xixe siècle. La place du Gouvernement (façade
méridionale), le quai de Bondy, le quai de la Pêcherie, la
place de la Platière, les rues Palais-Grillet et Confort, pour
n'en pas citer d'autres, conservent de nombreuses habitations
de cette période qui fut une des plus prospères pour Lyon.
Sous Louis XIV, et surtout pendant la seconde moitié du
règne, tout trahit un état de malaise. Il est facile d'en juger

par les anciens hôtels qui forment la partie nord-ouest de la
place de Bellecour : façades pauvres et sans style, percées
de rares fenêtres. Ce n'est, d'ailleurs, qu'avec la seconde
moitié du XVIIIe siècle qu'il se fait un retour aux riches
constructions. Quelques maisons du quai Saint-Clair offrent
de beaux spécimens de cette époque.

ARTS INDUSTRIELS. — Le musée du palais Saint-Pierre
possède plusieurs meubles lyonnais de la fin du XVIe siècle :
tables, sièges, armoires ; un bahut, signé 1673, porte des
outils de tisseur sculptés dans les écussons. Dans la collection
des monnaies et jetons, figure une grande médaille commémorative de la fondation de l'Hôtel de ville (1646). On voit,
au musée du palais Saint-Pierre ainsi qu'à celui de la Bourse,
des pièces de céramique lyonnaise, des ouvrages de serrurerie,
des armes et des étoffes. Une mention est due à un devant
d'autel Louis XIII (musée de la Bourse), et aux cartons de
La Salle et de l'école lyonnaise de dessin, du XVIIIe siècle.
Il faut aussi noter les deux globes terrestres, de proportions
colossales, qui sont conservés à la bibliothèque de la ville.
Ils ont été construits en 1701, par Henri Marchand, né à
Lyon (1674), et religieux franciscain au couvent de la
Guillotière. On y reconnaît, très nettement indiqué, le cours
du Nil supérieur, et les récentes explorations n'ont fait que
confirmer l'exactitude de ce tracé. Enfin, dans l'église Saint-
Jean, il existe une horloge astronomique, œuvre de Nicolas
Lippius, de Bâle (1598), rétablie et augmentée par deux hor-
logers lyonnais, Guillaume Nourrisson et Claude Charmy.

BELLES-LETTRES, ARTS ET SCIENCES. — Dans les
lettres, on peut citer, au XVIIe siècle, le père Ménestrier, qui
fut cinquante ans bibliothécaire du collège, et le père Colonia, son successeur, tous deux auteurs de travaux sur l'his-

toire de Lyon ; Le Laboureur, historien de l'Ile-Barbe, et
l'antiquaire Jacob Spon, fils d'un médecin lyonnais. Lyon a
donné le jour : au peintre Jacques Stella (1596-1647) dont
plusieurs compositions ont été reproduites par le burin de sa
nièce, Claudia Stella ; aux sculpteurs Coysevox (1640-1720),
et à ses neveux Nicolas Coustou (1658-1733) et Guillaume
Coustou (1677-1746), dont les œuvres ornèrent les palais de
Louis XIV ; à François Roubillac, aussi sculpteur, mort en
1761 à Londres, où il a laissé de belles œuvres ; à de nombreux graveurs, dont les plus célèbres sont les Audran,
Germain (1631-1710) et Gérard (1640-1703), les Drevet,
Pierre (1664-1738) et ses fils, et enfin Jean-Jacques de
Boissieu (1736-1810). Dans les sciences, Lyon peut réclamer
Barrême, calculateur, né vers 1640, Montucla (1725-1799)
auteur d'une *Histoire des mathématiques*, et les trois
Jussieu, Antoine (1686-1758), Bernard, son frère (1699-
1777) et Laurent (1748-1836), connus par leurs travaux sur
la botanique. C'est aussi à Lyon qu'eut lieu la première
expérience concluante de navigation à vapeur (1783). Le
marquis de Jouffroy remonta le courant de la Saône, sur un
bateau à aubes, depuis le grenier de l'Abondance jusqu'à
l'Ile-Barbe. Une tentative d'un autre genre fut faite peu
après (1784). Montgolfier, accompagné de Pilâtre de Rozier
et de plusieurs personnes, s'éleva au moyen d'un aérostat, à
une hauteur de douze cents mètres, devant la foule rassemblée
dans la plaine des Brotteaux.

INSTITUTIONS DIVERSES. — Grâce à une libéralité de
Gabrielle de Gadagne, le Petit-Collège fut ouvert en 1630.
Dès le XVIᵉ siècle, il existait à Lyon des écoles gratuites ; en
1742, on en comptait huit pour les garçons et neuf pour les
filles. En 1756, la ville fut dotée d'une école de dessin, et
Claude Bourgelat fonda, en 1762, une école vétérinaire, la

première de toutes et qui a servi de modèle aux autres. L'Académie des sciences et belles-lettres, formée en 1700, fut définitivement constituée par lettres patentes en 1724 ; elle s'adjoignit plus tard l'Académie des beaux-arts. Adamoli lui légua ses livres et ses médailles : ce fut l'origine de la Bibliothèque du palais Saint-Pierre, ouverte au public en 1769. Depuis cinq ans déjà, celle du Collège avait été rendue publique; elle comptait alors 45.000 volumes. André Gérard, prévôt de l'église de Bourg avait légué sa *librairie* au collège (1577). Plus tard (1690), l'archevêque Camille de Neuville lui donna tous ses livres. Dans un autre ordre d'institutions, il importe de signaler la Chambre de commerce, créée en 1702.

ADMINISTRATIONS PUBLIQUES. — Le représentant du pouvoir royal prenait le titre de gouverneur du roi pour les provinces du Lyonnais, Forez et Beaujolais ; il était suppléé par un lieutenant général. La justice était rendue par un tribunal dit Sénéchaussée et Siège du présidial, remplissant aussi les fonctions de Cour des monnaies. Ce tribunal se composait d'un sénéchal, trois lieutenants généraux, quinze conseillers, un procureur et son substitut, trois avocats du roi et plusieurs commissaires. A côté de la sénéchaussée, il y avait des juridictions spéciales : l'Élection qui connaissait des faits relatifs aux impôts, octrois, papier timbré, marque des métaux précieux ; la maîtrise des Eaux et forêts et celle des Ports, ponts et passages ; la juridiction des Fermes, pour les droits réunis et la vente du sel, du tabac et des boissons ; enfin la Conservation, pour l'application des lois et règlements propres aux foires. Plusieurs fois, il avait été question d'ériger un parlement pour les provinces du Lyonnais. En 1771, la suppression du parlement de Dombes qui avait longtemps siégé à Lyon, semblait offrir une occasion particulièrement favorable. Mais le Consulat et la bourgeoisie ne tenaient nullement à la création d'un corps dont l'influence eût été autrement considérable que celle de la sénéchaussée. Lyon resta donc, jusqu'à la Révolution, du ressort du parlement de Paris. L'archevêque de Lyon avait pour suffragants les évêques d'Autun, Dijon, Mâcon, Langres, Chalon–sur–Saône et Saint-Claude. De son ancienne seigneurie temporelle, il avait conservé une juridiction sur le quartier de Pierre-Scize, pour laquelle il nommait un juge et un procureur fiscal. Quant à l'administration municipale, elle se trouvait composée, au moment de la Révolution, d'un prévôt des marchands, de quatre échevins, douze conseillers, un avocat et procureur général, un secrétaire, un trésorier. La municipalité avait sous ses ordres une compagnie de deux cents arquebusiers, commandée par le capitaine de la ville. Le commandement en chef des milices appartenait au capitaine-colonel du pennon de la place Confort.

TABLEAU SYNCHRONIQUE

DES SOUVERAINS, GOUVERNEURS ET ARCHEVÊQUES

Depuis 1550 jusqu'à la Révolution.

ROIS	GOUVERNEURS	ARCHEVÊQUES
	Jacques d'Albon, maréchal de Sᵗ–André. 1550	
		François de Tournon. 1551
François II 1559		
Charles IX. 1560		
	Jacques de Savoie, duc de Nemours. . . . 1562	Hippolyte d'Este. . . 1562
	François de Mandelot. 1571	

ROIS	GOUVERNEURS	ARCHEVÊQUES
Henri III. 1574		Antoine d'Albon. . . 1572
		Pierre d'Épinac. . . 1574
	Charles Emmanuel de Savoie, duc de Ne- mours. 1588	
Henri IV. . 1589		
	Philibert de la Guiche. 1595	
		Albert de Bellièvre. . 1600
		Claude de Bellievre. . 1604
	César, duc de Vendôme 1607	
Louis XIII 1610		
	Charles de Neuville, de Villeroy. 1612	Denis Simon de Mar- quemont. 1612
		Charles Miron. . . . 1626
		Alphonse de Richelieu 1629
	Nicolas de Neuville. duc de Villeroy. . . 1642	
Louis XIV. 1643		
		Camille de Neuville. 1653
	Maréchal de Villeroy. 1685	
		Claude de St-Georges. 1693
Louis XV. 1715		Fr.-Paul de Neuville. 1714
	Neuville de Villeroy, duc de Retz. . . . 1730	
		Charles-Fr. de Roche- bonne, ... 1731
		Cardinal de Tencin. . 1740
		Malvin de Montazet. . 1758
	François de Neuville, duc de Villeroy. . 1763	
Louis XVI. 1774		
		Alexandre de Marbeuf. 1887

PRÉVOTS DES MARCHANDS

Réné Thomassin.	1596	Balthazar de Villars.	1610
Balthazar de Villars.	1598	Jean Sève.	1612
François de Baillon. . . .	1600	Pierre Austrein.	1614
Humbert Grôlier.	1602	Aimé Barraillon.	1616
Arthus Henry.	1604	François de Merle. . . .	1618
Pierre Scarron.	1606	Pierre Sève.	1621

Pierre de Montconys.	1623	Balthazar de Chapponay.	1677
Jean Dinet.	1625	Thomas de Moulcean.	1679
Balthazar de Villars.	1626	Louis Gayot.	1681
François de Chapponay.	1627	Lambert de Pontsaimpierre.	1683
Mathieu de Sève.	1630	Claude Pecoil.	1685
Claude Pellot.	1632	Laurent Pianello.	1687
Antoine de Pures.	1634	Gaspard Barraillon.	1689
Jean Charrier.	1636	Étienne de Bartholy.	1691
Éléonor de Baillon.	1638	Jean-Baptiste Dulieu.	1692
Pierre Loubat.	1640	Mathieu de Sève.	1694
Alexandre Mascranny.	1642	Louis Dugas.	1696
Pierre de Seve.	1644	Benoît de Montezan.	1704
Charles Grôlier.	1650	Louis Ravat.	1708
Gaspard de Montconys.	1652	Pierre Cholier.	1716
Jacques Guignard.	1654	Laurent Dugas.	1724
François de Baillon.	1658	Camille Perrichon.	1730
Hugues de Pomey.	1660	Claret de la Tourrette.	1740
Marc-Ant. du Sausay.	1662	Riverieux de Varax.	1745
Gaspard Charrier.	1664	Pierre Dugas.	1750
Laurent de la Veue	1666	Antoine Pautrier.	1752
Paul de Mascranny.	1667	Jean-Baptiste Flachat.	1753
Constant de Silvecane.	1669	Leclerc de la Verpillière.	1764
Jean Charrier.	1671	Claude-Espérance de Regnault.	1772
Charles Grôlier.	1673	Riverieux de Chambost.	1776
Philibert de Masso.	1675	Fay de Sathonnay.	1779
Lambert de Pontsaimpierre.	1676	Tolozan de Montfort.	1785

VII

TEMPS MODERNES
1789-1870

Ét ats généraux. — Une assemblée des notables eut
lieu dans l'église des Cordeliers, le 14 mars 1789, à l'effet
d'élire les députés de la sénéchaussée de Lyon. Le clergé et
la noblesse avaient à nommer chacun quatre députés ; le
tiers état, huit, dont quatre pour la ville. Les représentants
des trois ordres emportaient des cahiers exprimant les vœux
de leurs électeurs. Ce fut Lemontey, plus tard connu par ses
travaux historiques, qui rédigea les cahiers du tiers état. On
y trouve indiquées toutes les réformes et institutions votées
par l'Assemblée Constituante. Ainsi, les députés lyonnais
demandaient la convocation à époques fixes d'une assemblée
nationale, concourant à faire les lois avec le pouvoir royal et
votant l'impôt pour un temps déterminé ; ils établissaient le
principe de la responsabilité ministérielle et le droit pour le

tiers état de nommer un nombre de députés égal à celui des
deux autres ordres, avec suffrages comptés en assemblée,
par tête et non par ordre ; enfin les cahiers réclamaient l'égalité
devant l'impôt, la liberté individuelle, l'inviolabilité de la
propriété, l'unité des codes et l'unité des poids et mesures.
En demandant l'égalité devant l'impôt, les Lyonnais abandonnaient d'eux-mêmes les immunités dont ils jouissaient
pour leurs biens ruraux. Ils ne devaient pas tarder à renoncer, d'une façon complète, dans la nuit du 4 août 1789, aux
autres privilèges que possédait la cité.

FIN DU CONSULAT. — L'élection des députés aux états
généraux s'était accomplie avec le plus grand calme, mais
des troubles éclatèrent peu après. Dans la nuit du 3 juillet,
le peuple renversa les barrières d'octroi et se porta dans les
bureaux des percepteurs. Au dehors, les paysans brûlaient les
châteaux et poursuivaient les nobles. Des corps de volontaires
lyonnais se formèrent pour aller réprimer ces désordres ;
mais la milice bourgeoise voyait d'un œil jaloux ces compagnies de volontaires qui furent bientôt dissoutes. Tolozan de
Montfort, le prévôt des marchands, crut devoir se retirer,
laissant la direction des affaires municipales au premier échevin, Imbert-Colomès. Un conseil, composé de membres choisis
dans les trois ordres, assista l'échevin qui était ainsi appelé
à remplir, pour quelques mois, les fonctions de maire provisoire. Car les décrets des 14 et 18 décembre instituaient
un régime municipal uniforme pour toutes les communes
françaises. Le 12 avril 1790, une nouvelle municipalité fut
donc installée, avec M. Palerne de Savy pour maire. Ainsi
prit fin l'antique magistrature du Consulat qui, pendant une
durée de six siècles, avait dirigé les affaires de la cité.
Si elle n'est point exempte de tout reproche, il faut lui
accorder qu'il n'existe pas dans l'histoire d'institution muni-

FÊTE DE LA FÉDÉRATION (30 MAI 1790)

cipale ayant fourni une carrière plus longue et donné plus
d'exemples de sage administration.

FÊTE DE LA FÉDÉRATION. — En vertu de la nouvelle
organisation administrative, les provinces du Lyonnais,
Forez et Beaujolais formaient le département du Rhône-et-
Loire. Divisé en six districts ou arrondissements, le département était administré par dix directeurs et trente-six
conseillers. Nulle part, l'œuvre de l'Assemblée nationale ne
reçut meilleur accueil qu'à Lyon. Le sacrifice de leurs
propres franchises paraissait aux habitants largement com-
pensé par l'égalité des droits reconnue à tous les Français
et par les réformes financières qui devaient être la conséquence du nouveau régime politique. Il n'y eut pas jusqu'aux
membres du clergé et aux ordres religieux qui ne donnèrent
à plusieurs reprises leur adhésion à des lois les assujettissant
aux charges communes. Aussi la fête de la Fédération, célé-
brée le 30 mai 1790, dans la plaine des Brotteaux, offrit un
magnifique spectacle. Les vingt-huit pennonnages, transfor-
més en bataillons de la garde nationale et commandés par
Dervieu du Villars, assistaient en armes à la cérémonie, avec
les contingents des campagnes. Mais l'application de la constitution civile du clergé, votée par l'Assemblée nationale,
vint apporter un premier ferment de discorde, en divisant les
citoyens sur le domaine délicat de la conscience. En même
temps, de sourdes menées cherchaient à établir à Lyon le
centre d'un mouvement contre-révolutionnaire.

SAC DU CHATEAU DE POLEYMIEUX. — Palerne de Savy,
nommé président du tribunal, avait été remplacé à la mairie
par Louis Vitet. C'était un homme intègre et dévoué aux
idées républicaines qui commençaient à s'affirmer. Mais un
fâcheux esprit de suspicion régnait entre les différentes auto-

rités. La municipalité crut devoir créer un comité de surveillance, dont fit· partie Chalier, connu seulement jusqu'alors comme notable commerçant. Des clubs s'étaient
partout organisés ; on en comptait trente et un à Lyon. Leur
action rendait impossible toute administration régulière. Dans
les campagnes surtout, le désordre était à son comble, et la
nouvelle de la fuite du roi avait achevé d'exaspérer les esprits.
Entre tous les crimes commis à cette époque troublée, l'histoire a retenu l'assassinat de Guillin-Dumontet, seigneur de
Poleymieux, massacré d'une façon barbare (26 juin 1791).
Une visite domiciliaire avait été ordonnée par le comité de
surveillance : Guillin refusa d'ouvrir. Aussitôt des bandes
accoururent des villages voisins. Après une fusillade échan-
gée entre les assaillants et les domestiques du château, le feu
fut mis au donjon. Guillin voulut s'enfuir par une fenêtre ;
un coup de fourche l'étendit à terre, et la populace lui infli-
gea les mutilations les plus sauvages. Cependant, ruinée dans
son industrie, la ville de Lyon ne percevait plus aucune
taxe ni octroi. Dans sa détresse, elle demanda à l'Assemblée
nationale de mettre au compte de la dette publique les quarante
millions de francs qui formaient son passif. Ces sommes, disait
la municipalité, représentaient des emprunts contractés pour
les besoins du trésor royal et non pour ceux de la commune.
Une loi (août 1791) comprit Lyon au nombre des villes
dont la nation prenait les dettes à sa charge; mais cette
mesure ne reçut son application que beaucoup plus tard.

MASSACRES DE SEPTEMBRE. — L'Assemblée législative
succéda à la Constituante (1er octobre 1791). A Lyon, la
lutte se continuait entre le directoire du département et la
municipalité. Le commandant élu de la garde nationale était
un ouvrier tisseur, nommé Juliard. Il se rangea franchement
du côté de la commune qui représentait alors les opinions

modérées. Le ministre de l'intérieur, Roland de la Platière, ancien membre de la municipalité lyonnaise, soutint aussi, en toute circonstance, la commune contre le directoire départemental. Mais Chalier, suspendu de ses fonctions, était allé à Paris pour se justifier. D'un naturel exalté, il revint plus irrité encore, et les événements de septembre achevèrent de déchaîner les passions violentes qu'il personnifiait. Aucun crime n'avait encore souillé la ville. Sur la motion d'un de ses membres, le conseil général du département avait voté que l'on brûlerait au Grand-Camp tous les titres de privilèges quelconques, les portraits des échevins et les arbres généalogiques conservés à l'Hôtel de Ville (9 septembre). La foule se porta aussitôt à Bellecour et renversa la statue de Louis XIV. Puis, grossies de volontaires méridionaux de passage à Lyon, des bandes se dirigèrent vers le château de Pierre-Scize. Neuf officiers du régiment de Royal-Pologne s'y trouvaient détenus. En vain le maire accourt pour dissiper l'émeute et veut sauver les prisonniers en les faisant conduire à l'Hôtel de Ville. Huit d'entre eux sont égorgés, et le neuvième n'échappe à la mort qu'en s'élançant dans la Saône. Surexcités par le sang, les émeutiers courent aux prisons et massacrent deux prêtres qui y étaient renfermés ; un troisième prêtre est frappé dans la rue. Le soir, les assassins défilèrent sur la scène, au théâtre des Célestins, portant sur des piques les têtes de leurs victimes.

LA CONVENTION. — Ce fut sous l'impression de ces scènes sanglantes que se firent les élections des députés à la Convention. Dès sa première séance (22 septembre 1792), la Convention proclama la République. L'ensemble des esprits était resté relativement calme à Lyon, mais la misère devenait de plus en plus grande. Un arrêté de la commune taxa les denrées alimentaires : aussitôt les campagnes cessèrent

d'apporter leurs produits en ville et les marchés devinrent
déserts. Il fallut aviser aux moyens d'acheter des blés; un
emprunt forcé de trois millions de francs fut décrété, et la
répartition en fut réglée sur celle de la contribution mobi-
lière. Malgré toutes ces causes d'agitation, l'opinion modérée
de la population s'affirma de nouveau, lors du renouvelle-
ment de la municipalité. Nivière–Chol, citoyen des plus
recommandables, obtint, comme maire, 8.000 voix sur
10.746, et fut installé le 5 décembre. Mais Chalier avait été
nommé président du tribunal du district. D'autre part le roi
Louis XVI avait été condamné à mort par la Convention, et
il est à remarquer que, sur les quinze députés du département de Rhône-et-Loire, huit se prononcèrent pour la simple
réclusion ou le bannissement. La nouvelle de l'exécution du
roi (21 janvier 1793) vint donner une nouvelle ardeur au
parti des violents. Chalier proposa au club central, formé
par la réunion des clubs de quartiers, de créer un tribunal
populaire dont les sentences seraient exécutées sur le champ.
Une guillotine, demandée à Paris, devait être installée en
permanence sur le pont Morand.

VICTOIRE DES SECTIONS. — Le maire Nivière-Chol
prit des mesures contre les atroces projets de Chalier ; mais,
ne se trouvant pas suffisamment soutenu par la municipalité
qui semblait incliner aux moyens sanguinaires, il donne sa
démission. Une forte majorité le reporte à la mairie. Lassé et
découragé, Nivière refuse de reprendre ses fonctions, et le
médecin Gilibert est élu à sa place. Gilibert joignait une
forte érudition à la plus grande droiture. Mais Chalier, pres-
sentant sa nomination, l'avait fait emprisonner comme sus-
pect. En conséquence, l'élection fut annulée et Chalier, à
force de pression sur le corps électoral, réussit à faire nommer Bertrand, son associé. Dès lors, la lutte va se trouver

ouverte entre les deux partis : d'un côté, une municipalité
devenue franchement jacobine, de l'autre, le conseil général du
département et les sections de la garde nationale qui se donnent un nouveau chef, Madinier, ouvrier apprêteur en drap.
Deux des représentants de la Convention à l'armée des Alpes,
Niocle et Gauthier, étaient revenus à Lyon, ramenant avec
eux des troupes. Ils font occuper militairement l'Hôtel de Ville
et les quartiers du centre ; mais, après un vif combat où
la garde nationale perd six cents hommes, les représentants
donnent ordre à la municipalité de cesser ses fonctions et
aux sections de rentrer dans leurs foyers (29 mai). Le lendemain Chalier était arrêté avec les principaux fauteurs de
la guerre civile. Leur procès fut instruit avec toutes forma-
lités prescrites par la loi. Condamné à la peine capitale,
Chalier porta le premier sa tête sur cette guillotine qu'il
voulait voir établie en permanence. Mais Chalier avait,
à la Convention, des amis qui ne devait point pardonner sa
mort à ses compatriotes.

Mouvement communaliste. — Cependant, au lendemain de la victoire des gardes nationaux, une municipalité
provisoire avait été constituée, et les corps administratifs,
chassés de l'Hôtel de Ville, y avaient repris leurs fonctions.
Bientôt Lyon apprit l'attentat du 2 juin contre la Convention
et l'expulsion par la force d'une partie des représentants du
pays. Cette ville, jusqu'alors si soumise aux décrets de l'assemblée nationale, déclara ne pouvoir accepter l'autorité d'une
représentation mutilée. Le 1er juillet, on installa le conseil
général du département, sous le titre de *Commission populaire et républicaine de Salut public*. C'était une déclaration de guerre à la Convention nationale, mais Lyon n'en
affirmait pas moins son attachement à la République, forme
légale du gouvernement établi. Rien, au surplus, dans les

circonstances qui suivront, ne témoignent que ce mouvement ait eu pour but une restauration monarchique. Le même esprit qui avait présidé à la formation de la Cinquantaine, animait encore les citoyens lyonnais. Peut-être regrettaient-ils d'avoir sacrifié ce que la monarchie leur avait laissé de leurs libertés communales, et, sans préjuger de ce que ferait le reste du pays, voulaient-ils s'assurer le droit d'administrer leur cité. En tout cas, c'était la guerre qu'il s'agissait de préparer. Une armée de 9.600 hommes fut organisée sous les ordres du colonel Précy. Il prit possession de son poste le 11 juillet, après avoir prêté le serment « de maintenir l'indivisibilité de la République et l'inviolabilité de la Convention nationale. » Des émissaires royalistes mirent sans doute à profit la résistance des Lyonnais, mais la population n'y voyait qu'un mouvement pour l'indépendance de la commune.

SIÈGE DE LYON. — Les travaux furent partout entrepris pour la défense de la ville, assez mal protégée par un système de fortifications caduques et incomplètes. Enfin, le 14 juillet, un décret de la Convention ordonnait aux représentants du peuple auprès de l'armée des Alpes, de requérir des troupes pour soumettre la commune rebelle. Trois semaines après, paraissent les premières colonnes d'une armée de 15.000 hommes, commandée par le général Kellermann, qui occupe les hauteurs de Caluire et de Rillieux ; puis, un second corps de 4.000 hommes, sous les ordres du représentant Dubois-Crancé, s'établit à Limonest. Le 8 août, un premier engagement eut lieu à Montessuy. Le lendemain, à une lettre du conseil général, Kellermann répondit nettement, en posant la question de droit, que « les Lyonnais devaient avant tout se soumettre aux lois de la Convention. » Le 10, Lyon offrit un spectacle digne des temps antiques. Les batteries conventionnelles faisaient pleuvoir les boulets sur une partie de la ville. Sans s'émouvoir, les autorités administratives et judiciaires célébraient, dans une fête patriotique, la promulgation de la nouvelle constitution que la Convention venait de donner au pays. C'était hautement attester les sentiments républicains de la population. Pendant plusieurs jours les engagements et les combats se succédèrent sur différents points. Un officier des artilleurs de la garde nationale, simple charcutier de profession, Gingène, se fit une réputation de héros populaire. Tous les habitants en un mot, se montrèrent les dignes fils de ceux qui combattirent six siècles plus tôt, pour leurs franchises municipales. Mais les Lyonnais oublièrent trop que l'Europe coalisée menaçait alors la France. L'ennemi était à la frontière, tout devait être sacrifié au salut du pays.

OCCUPATION DE LYON. — Dubois-Crancé ne s'attendait pas à autant de résistance; il voulut bombarder la ville. Kellermann répugnait à user d'une telle rigueur contre une cité française. Le droit de la guerre n'autorise, d'ailleurs, l'emploi de ce moyen qu'autant que l'armée assiégeante est en nombre suffisant pour investir une ville et pour justifier une capitulation. Or Lyon communiquait librement avec le Forez et ses troupes y occupaient plusieurs places. Kellermann demanda à rejoindre l'armée des Alpes dont il était général en chef, et Dubois-Crancé, resté seul, commanda le bombardement. C'était le 22 août. Pendant quatre jours les boulets rouges et les bombes criblèrent la ville, sans qu'on parlât de se rendre. Les assiégeants se virent forcés d'attendre des renforts afin de réduire les assiégés par la famine. Des levées en masse se firent dans le centre ; le représentant Couthon amena 25.000 recrues de l'Auvergne seulement et Lyon fut investi par une armée de 60.000 hommes (17 septembre). Les engagements se continuaient, le plus sou--

vent glorieux pour les Lyonnais qui luttaient à forces
inégales. Mais la famine devenait de jour en jour plus
affreuse, et le 7 octobre une plus longue résistance était
reconnue impossible. Le lendemain, Précy résolut de tenter
une sortie par Vaise et de franchir les lignes assiégeantes, à
la tête de quinze cents hommes déterminés. Il n'y en eut que
deux cents qui réussirent à s'échapper avec leur chef; les
autres furent tués ou faits prisonniers. Les troupes de la
Convention entrèrent donc, le 9 au matin, dans cette ville qui
n'avait rompu qu'à regret avec ses habitudes laborieuses et
pacifiques. Lyon s'était trompé en entreprenant cette lutte,
mais il s'était montré héroïque en son erreur. Il ne devait
pas lui en être tenu compte par Couthon qui avait remplacé
Dubois-Crancé dans la direction du siège.

La Terreur. — En attendant les ordres de la Convention, une commission militaire fait passer par les armes tous
les prisonniers, et Couthon prescrit d'abattre l'enceinte fortifiée et le château de Pierre-Scize. Puis, un décret rendu le
12 octobre, sur la proposition de Barrère, vient rappeler
aux Lyonnais le châtiment infligé par Septime Sévère à leurs
ancêtres : toutes les habitations des citoyens aisés seront
démolies et ce qui restera de la ville s'appellera *Ville-Affran-
chie*. Aussitôt Couthon, qu'une paralysie des jambes retenait
dans son fauteuil, se fait transporter place de Bellecour.
Frappant d'un marteau d'argent une des façades de la place,
il donne le signal des démolitions. Quatorze mille ouvriers
furent employés à cette œuvre de destruction qui nécessita
une dépense de neuf millions de francs. Couthon fut remplacé
le 7 novembre par Fouché et par Collot-d'Herbois, ancien
comédien au Grand-Théâtre de Lyon. Sous leur direction,
la poudre vint en aide au pic des démolisseurs, et seize cents
des plus belles maisons tombèrent en peu de temps. Mais les

VUE PRISE D'AINAY (Commencement du siècle)

représailles des Conventionnels ne devaient pas s'arrêter aux seules habitations. Près de dix-sept cents Lyonnais furent envoyés à la mort par un *tribunal révolutionnaire* spécialement constitué. La guillotine paraissant trop lente, on recourt à la fusillade et à la mitraille ; ceux que les balles et la mitraille n'ont pas atteints sont achevés à coup de sabre et de baïonnette. Deux cent neuf condamnés sont ainsi exécutés à la fois (5 novembre) ; la veille, soixante-quatre autres étaient tombés, en chantant : *Mourir pour la patrie*. L'évêque constitutionnel Lamourette monta sur l'échafaud, le 5 janvier 1794.

LE DIRECTOIRE. — Les exécutions cessèrent après le départ de Fouché (5 avril 1794), mais le 9 thermidor et la chute de Robespierre rendirent seuls une sécurité complète aux habitants. Un décret restitua son nom à la ville de Lyon (1795) ; la municipalité fut reconstituée, et, sans de sourds ressentiments qui couvaient chez une partie de la population, tout eût repris sa marche accoutumée. Mais des associations secrètes exerçaient des représailles contre les terroristes que la justice régulière s'était refusée à poursuivre. En outre, les sections de la garde nationale voulurent célébrer, le 29 mai, l'anniversaire de leur victoire sur les jacobins. Bien que la cérémonie ait eu lieu aux cris de : Vive la République ! Vive la Convention ! le gouvernement s'émut de ces manifestations ; il fut même question de désarmer les gardes nationaux. Pourtant l'apaisement se fit peu à peu. Les maisons démolies commencèrent à se relever, l'industrie se réorganisa, neuf églises furent rendues au culte et l'administration des Hospices provisoirement rétablie. Ce fut donc au milieu d'un calme relatif que fut proclamée la constitution de l'an III (22 août 1795) et que s'accomplirent les élections. Au nombre des députés lyon-

nais au conseil des Cinq-Cents, figurait Camille Jordan.
Esprit modéré comme Roland de la Platière, Camille Jordan
avait été l'adversaire de la Terreur; plus tard il dénoncera
de même les vues ambitieuses du premier Consul et com-
battra les mesures répressives de la Restauration. Par suite
de la formation d'un département de la Loire, Lyon, depuis
deux ans, n'était plus que le chef-lieu du Rhône; de plus,
une récente loi avait partagé la ville en trois arrondissements
municipaux.

Le Consulat. — La vieille cité lyonnaise cicatrisait ses
blessures et avait soif de repos. C'est à ce besoin de sécurité
qu'il faut attribuer la réception enthousiaste qu'elle fit au
général Bonaparte à son retour d'Égypte (14 octobre 1799).
Les dissentiments entre les pouvoirs publics étaient devenus
tels que tout semblait conspirer en faveur d'un coup d'Etat.
Cette complicité tacite de la nation n'excuse point l'attentat
du 18 Brumaire, mais l'explique. Bonaparte, premier consul
et vainqueur à Marengo, s'arrêta l'année suivante à Lyon.
Par son ordre, on commence à relever les façades monumentales de Bellecour et on reprend la construction du pont des
Comtes (aujourd'hui pont Tilsitt), abandonnée depuis dix ans.
En 1802, les délégués de la haute Italie se réunissent à Lyon,
à l'effet de voter la constitution de la république Cisalpine.
Le premier consul en est aussitôt proclamé président. A cette
occasion, il fait un nouveau séjour auquel se rattachent deux
faits importants : la création d'une Chambre de commerce et
la réorganisation de l'administration des Hospices sur des
bases qui subsistent encore. Cette administration embrasse
tous les établissements hospitaliers de Lyon; l'autorité pré-
fectorale et l'autorité municipale y sont représentées, mais
elle jouit d'une constitution autonome et ses membres pour-
voient eux-mêmes, par l'élection, au remplacement des

membres sortants. Le 24 avril 1802, eut lieu la promulgation
du Concordat, et l'année après, le cardinal Fesch, oncle du
premier consul, fut mis en possession du siège primatial de
Lyon.

L'EMPIRE. — Bonaparte prit bientôt le titre d'empereur
et se fit couronner sous le nom de Napoléon Ier (1804). Lyon
dut à cette circonstance de recevoir deux fois la visite du
pape Pie VII. Aucun pape, depuis cinq cents ans n'avait vi-
sité la métropole des Gaules. Deux plaques commémoratives,
l'une à Fourvière, l'autre à Bellecour, perpétuent le souvenir
de cet événement. Peu après, le nouvel empereur se rendait
à Milan, avec l'impératrice Joséphine, pour ceindre la couronne d'Italie. Ils inaugurèrent, à leur passage à Lyon, une
école de dessin, plus tard (1807) école nationale des Beaux-
Arts, et un Jardin des plantes créé dans l'enclos du monastère
de la Déserte. En même temps, l'ancienne abbaye Saint-
Pierre fut cédée à la ville; on y établit les musées qui se
formèrent rapidement. Cette même année vit la restauration
d'une mairie unique, et l'année 1806, l'installation du premier
conseil des Prud'hommes, institution qui s'est répandue dans
la France entière. A la naissance du roi de Rome (1811), il
fut question de lui construire un palais, sur l'emplacement
où s'élève à présent la gare de Perrache. A ce projet s'en
reliait un autre : celui d'une percée en droite ligne, allant du
futur palais jusqu'à la place des Terreaux. Mais les revers
qui suivirent la téméraire campagne de Russie (1812), amenèrent d'autres préoccupations dans les esprits. Bientôt les
événements se précipitèrent. La France était envahie, et le
maréchal Augereau, après une retraite malheureuse sur Lyon,
dut se replier sur Valence. Lyon, qui n'avait pas vu d'armée
étrangère depuis l'invasion des Sarrasins, fut occupé par les
Autrichiens le 21 mars 1814.

LE MAJOR MARTIN. — En 1800, mourait à Luknow un major général au service de la Compagnie des Indes anglaises : c'était Claude Martin, fils d'un tonnelier, né à Lyon en 1735. Parti comme volontaire, il passa sous le drapeau anglais et parvint aux plus hautes dignités. Son testament témoigne d'un esprit large et d'un cœur généreux. Il léguait à sa ville natale une rente de 12.000 fr. en faveur des Lyonnais prisonniers pour dettes et un capital de 200.000 *sika rupees* pour la fondation d'une école. L'état de guerre où se trouvait la France avec l'Angleterre fit différer la délivrance de ce legs. C'est seulement en 1826 que la ville de Lyon put entrer en possession de la somme ; capital et in-térèts, elle s'élevait à 1.700.000 fr. Le major Martin se pro-posait d'améliorer, par l'instruction, la condition des fils et filles d'ouvriers ; il avait lui-même donné à sa fondation le nom de Martinière. La Martinière des garçons est une des plus remarquables écoles industrielles qui existent ; celle des filles date seulement de l'année 1879. Un legs récent, d'un million de francs, a. été fait à cette dernière école par Mme de Cuzieu et lui assure un rapide développement.

JACQUARD. — C'est en 1801 que Jacquard exécuta le premier spécimen du mécanisme qui porte son nom. Il avait envoyé sa machine à l'exposition des produits de l'industrie nationale où elle fut peu remarquée. Lors du voyage de Napoléon et de Joséphine (1805), l'empereur vit fonctionner le nouveau métier au palais Saint-Pierre, et alloua une prime à l'inventeur pour chaque métier qu'il placerait. Enfin, en 1809, le prince Lebrun vint en personne décerner les prix qu'il avait fondés pour encourager les inventions utiles : Jacquard fut l'un des deux lauréats ; l'autre prix fut accordé au teinturier Gonin, pour avoir extrait la couleur écarlate de la garance. Mais il s'écoula une dizaine d'années

encore avant que l'invention de Jacquard fût appréciée par
les ouvriers. Rien n'était plus compliqué que l'ancien mode
de tissage. Le concours de deux ouvriers était nécessaire à
chaque métier de façonné, et le travail exigeait une gymnas-
tique fatigante et malsaine. L'ignorance populaire accusait
justement le nouveau système de supprimer un travailleur
sur deux. Mais l'expérience a démontré que, là comme partout, le nombre des ouvriers s'accroît avec l'emploi des ma-
chines. Il existait à peine trois mille métiers pour façonnés
au commencement du siècle; vingt ans après, on en comptait vingt-cinq mille. Jacquard mourut à Oullins, près Lyon,
en 1832. On lui a élevé un monument dans le cimetière
d'Oullins et une statue sur une des places de sa ville natale.

LETTRES, ARTS ET SCIENCES. — L'académie de Lyon
avait été rétablie en 1800. Elle compta bientôt dans ses rangs
à peu près tous les hommes que Lyon peut s'honorer d'avoir
produits à cette époque : dans les lettres, l'historien Lemontey,
le philosophe Ballanche, Delandine et plus tard Dugas-Montbel ;
dans les arts, le sculpteur Chinard, les peintres Revoil, Grobon
et Richard, le graveur J.-J. de Boissieu ; dans les sciences, le
chirurgien Marc-Antoine Petit, le naturaliste Grognier, le
botaniste Gilibert, l'archéologue Artaud, et surtout l'illustre
Ampère, à la fois mathématicien et physicien, qui observa les
lois de l'électro-dynamique et prévit l'application de l'élec-
tricité à la télégraphie.

LA RESTAURATION. LES CENT-JOURS. — Quelques
mois après le retour des Bourbons, Lyon recevait la visite
de la duchesse d'Angoulême, puis celle du comte d'Artois.
Ce prince venait poser la première pierre d'un monument,
élevé aux Brotteaux, en mémoire des Lyonnais exécutés
à la suite du siège (2 octobre 1814). Cependant on apprend

que Napoléon, débarqué au golfe Juan (4 mars 1815), se dirige sur Lyon. Le comte d'Artois accourt aussitôt, avec le duc d'Orléans et le maréchal Mac-Donald, pour barrer le passage à l'empereur. Mais en vain cherchent-ils à entraîner la population et les troupes massées sur la place de Bellecour. Un silence significatif leur prouve qu'aucun essai de lutte n'est possible. Ils quittent la ville le 11 mars, au moment même où Napoléon franchissait le Rhône par le pont de la Guillotière. Le retour de Napoléon, c'était le retour de la guerre. Lyon dut bientôt s'apprêter à subir un nouveau siège. La défense de la région était confiée au maréchal Suchet, enfant de Lyon ; mais il disposait de forces insuffisantes et ne pouvait arrêter l'ennemi. Vint alors la défaite lamentable de Waterloo et la nouvelle de l'abdication de l'empereur, (24 juin). Le général Mouton-Duvernet qui commandait la place, jugea une plus longue résistance inutile. Il fallut capituler, et l'armée autrichienne reprit possession de Lyon, le 17 juillet.

LES COURS PRÉVÔTALES. — On vit se renouveler, à plus de vingt ans de distance, les visites domiciliaires et les exécutions sommaires. Le général Mouton-Duvernet, au retour de Napoléon, lui avait des premiers offert ses services ; mais il n'en avait pas moins présenté ensuite sa soumission au gouvernement de Louis XVIII. Une année après la capitulation de Lyon, lorsqu'on aurait pu croire les passions apaisées, le général fut traduit en conseil de guerre. Condamné à mort, il fut passé par les armes, le 27 juillet, sur le chemin des Étroits. Cette exécution peu justifiée n'était pas de nature à calmer l'agitation en faveur de Napoléon II, qui se produisait dans les campagnes du Lyonnais. Des conciliabules furent surpris sur divers points, mais il n'y avait ni plan, ni chefs ; des démonstrations eurent lieu, mais les manifestants n'avaient pas d'armes. La Cour prévôtale, sorte de tribunal extraordinaire, jugeant militairement, prescrivit néanmoins des enquêtes et opéra des perquisitions. Le résultat fut la condamnation de vingt-huit prévenus à la peine de mort et de trente-quatre autres à la déportation. La guillotine fut promenée de village en village, et parfois installée devant la demeure même des condamnés (1818).

FIN DE LA RESTAURATION. — Le calme était enfin partout revenu. Une ère de paix et de prospérité industrielle s'ouvrit alors pour Lyon, telle qu'il ne s'en était pas présenté depuis plus d'un siècle. Pendant cette période, l'histoire locale se résume tout entière dans le développement considérable que prit l'industrie de la soierie et dans la création de monuments ou d'œuvres utiles. Le pont de Serin avait été livré à la circulation en 1815, et le pont d'Ainay en 1818. Ce furent ensuite les travaux d'achèvement de la façade de l'Hôtel-Dieu, repris en 1820 ; l'inauguration d'une nouvelle statue de Louis XIV, due à François Lemot, artiste lyonnais (1825) ; la pose de la première pierre du pont du Concert, maintenant pont Lafayette (6 avril 1826) ; enfin l'ouverture des travaux du Palais de Justice sous la direction de Baltard (1827), et du Grand-Théâtre sous celle de Chenavard (1828). Notons aussi la création de la Caisse d'épargne, en 1822. Le passage du général Lafayette à Lyon, vers la fin du règne de Charles X, acquit les proportions d'un véritable événement. Le vétéran des guerres de l'indépendance américaine fut reçut, le 5 septembre 1829, au milieu d'acclamations dont le caractère était des plus transparents. Cette ovation était un présage et un avertissement. On sentait que l'opposition devenait hardie, en attendant qu'elle fût menaçante.

MONARCHIE DE JUILLET. — Le préfet du Rhône voulut d'abord cacher à la population la révolution accomplie les 27,

28 et 29 juillet 1830. Mais le 31, la garde nationale se constituait, et le 3 août, le drapeau tricolore flottait à l'Hôtel de Ville. En novembre, le duc d'Orléans, héritier de Louis Philippe, se rendit à Lyon. La réception fut brillante, et l'année nouvelle s'ouvrit sans que rien n'annonçât les événements qui se préparaient. À une période de travail et de bien-être avait succédé une crise industrielle. Déjà pressés à cette époque par la concurrence étrangère, les fabricants avaient une tendance à diminuer les salaires. Les tisseurs, au contraire, mal nourris et mal logés avant la Révolution, avaient pris l'habitude d'une vie plus large et plus aisée. La fabrique comptait alors huit mille chefs d'ateliers et trente mille compagnons ouvriers, pour la plupart fixés dans les quartiers nouveaux qui s'élevaient sur le plateau de la Croix-Rousse. Par un retour aux principes erronés des anciennes corporations, les tisseurs crurent améliorer leur situation en réclamant un tarif. Il fut voté; mais, comme toujours, il y eut des infractions. C'est en vain que les faits furent portés devant les prud'hommes ; le conseil, avec raison, se déclara incompétent.

JOURNÉES DE NOVEMBRE. — Une grande agitation régnait donc à la Croix-Rousse. Le 21 novembre 1831, au matin, un bataillon de la garde nationale est envoyé pour rétablir l'ordre. La colonne rencontre un groupe d'ouvriers en armes: Quelques menaces sont d'abord échangées; puis, sans qu'on ait su d'où partit le premier feu, des coups de fusil retentissent et des barricades s'élèvent aussitôt. Un moment, le général Ordonneau et le préfet se trouvent prisonniers, mais ils sont relâchés sains et saufs. Pendant la journée du 22, de meurtriers engagements ont lieu, sans que les forces militaires réussissent à entamer les positions des insurgés. Bien au contraire, le mouvement gagne les faubourgs, des bandes

VUE PRISE DU JARDIN DES CHARTREUX

envahissent la ville et refoulent la garde nationale. L'autorité renonce alors à toute résistance, et l'armée opère sa retraite par le faubourg Saint-Clair. Mais, dès le 28, des négociations sont engagées. Les insurgés expriment le désir de rentrer dans la légalité ; ils n'ont eu en vue qu'une question de salaires, et leur drapeau, sans couleur politique, porte la devise : « Vivre en travaillant ou mourir en combattant. » D'ailleurs, l'ordre n'a pas cessé de régner depuis l'occupation de la ville par les ouvriers ; l'administration municipale a même été invitée à continuer ses fonctions. L'armée effectua donc sa rentrée, le 3 décembre, sous la conduite du duc d'Orléans et du maréchal Soult.

JOURNÉES D'AVRIL. — L'insurrection de novembre tenait à des causes purement industrielles ; le calme n'en fut que plus lent à se rétablir. Des associations se formèrent : les unes, ayant pour unique objet la protection et l'assistance mutuelle entre ouvriers ; d'autres, avec un but politique. De toutes, la société des *Mutuellistes* était la plus puissante, s'étendant sur plus de deux mille chefs d'ateliers et sur cinquante mille ouvriers. A l'occasion d'un rabais sur la façon de certains articles, les Mutuellistes prononcèrent une suspension générale du travail le 12 février 1834. Six chefs d'ateliers, prévenus du délit de coalition, furent arrêtés. Mais le jour de leur jugement (9 avril), des groupes se portent sur la place Saint-Jean où siège le tribunal. Deux barricades sont bientôt élevées ; l'insurrection gagne en quelques heures les quartiers de l'ouest, la Guillotière et la Croix-Rousse, et s'empare des églises Saint-Nizier et des Cordeliers. Un moment, l'autorité militaire est sur le point d'évacuer la ville comme en 1831. Cependant, le 12 avril, après s'être rendue maîtresse de la Guillotière, l'armée occupa successivement les autres points. Cette lutte de quatre jours coûta la vie à trois cents hommes. Les chefs des insurgés furent jugés par la Cour des Pairs. Ils y furent défendus par un jeune avocat lyonnais, Jules Favre, dont la célébrité date de ce procès.

INONDATIONS DE 1840. — L'année qui suivit l'insurrection d'avril (1835), le choléra fit son apparition dans le Midi et ravagea une partie de la France. Lyon, si souvent frappé par la peste, fut heureusement préservé de la contagion. Mais un autre fléau plusieurs fois mentionné dans les annales lyonnaises, vint plonger la ville dans le deuil, en 1840. Des pluies continues étaient tombées pendant les derniers jours d'octobre. Le 31, le Rhône, rompant ses digues, envahit tous les quartiers de la rive gauche et s'étend sur les quais de la rive droite. La persistance des pluies amène bientôt le débordement de la Saône, et le 5, les eaux couvrent ses deux rives. Tout le centre de la ville est submergé, depuis la rue Dubois jusqu'au delà de la place de Bellecour. Le retrait complet des eaux ne se fit que le 25 novembre. Six cents maisons s'écroulèrent, le pont de la Feuillée et le pont Seguin (du Palais de Justice) furent emportés, celui de la Mulatière perdit deux arches et l'on craignit même pour le vieux Pont de Pierre. Ce désastre, comme tant d'autres qui se sont périodiquement abattus sur la cité, fut vite réparé. Mais c'est seulement après une nouvelle inondation, en 1856, que des travaux considérables ont mis définitivement Lyon à l'abri des ravages de ses deux fleuves.

PÉRIODE DE 1848. — Les dernières années du règne de Louis-Philippe, n'amenèrent aucun événement marquant pour l'histoire de Lyon. Quelques grands travaux de voirie furent pourtant entrepris : la construction de l'abattoir de Perrache (1840), destiné à remplacer les anciennes boucheries et qui permit la création d'un quartier neuf sur l'emplacement de la boucherie des Terreaux ; la reconstruction d'un vieux pont du Change commencé en 1843 ; l'ouverture de la rue Centrale (1846), exemple unique d'une entreprise aussi considérable due entièrement à l'initiative privée. En outre, l'enceinte fortifiée de la Croix-Rousse et de Fourvière avait été rétablie, une nouvelle ligne de défense créée sur la rive gauche du Rhône et des forts détachés construits tout autour de Lyon. Le chiffre des habitants qui s'était sensiblement abaissé après la Révolution, était remonté à 180.000 pour la ville de Lyon, 36.000 pour la Guillotière, 20.000 pour la Croix-Rousse et 8.000 pour Vaise. On comptait 10.000 chefs d'ateliers, et la fabrique des soieries occupait de 48 à 50.000 métiers, tant à la ville qu'aux environs. Lyon prit une grande part au mouvement intellectuel qui signala cette époque. Les noms de plusieurs des hommes dont les lettres et les arts lyonnais purent alors s'enorgueillir, appartiennent, dès à présent, à la postérité : les peintres Victor Orsel, Bonnefond, Saint-Jean et Hippolyte Flandrin ; les sculpteurs Bonassieux et Foyatier ; les poètes Pierre Dupont et Victor de Laprade.

PÉRIODE CONTEMPORAINE. — Le mouvement libéral d'où était sortie la révolution de 1848 dura peu, et le coup d'État du 2 décembre 1851 vint surprendre le pays confiant. Bientôt Lyon se vit, par la loi du 24 mars 1852, mis en dehors du droit commun. Les villes suburbaines de la Guillotière, la Croix-Rousse et Vaise, réunies à Lyon, formèrent une municipalité placée sous un régime spécial. Une commission nommée par le pouvoir remplaça le conseil municipal élu ; le préfet du Rhône fut investi des attributions du maire dont les fonctions étaient supprimées. Lyon était traité comme la chose de l'État ou comme une colonie nouvellement conquise. Il est, toutefois, juste de reconnaître ce qu'a fait cette administration pour l'assainissement et l'embellissement de la ville : l'ouverture des rues Impériale et de l'Impératrice (rues de la République et de l'Hôtel-de-Ville) ; la réfection de plusieurs quais ; la construction du palais de la Bourse et de l'aile orientale du palais Saint-Pierre ; la création du parc de la Tête-d'Or, des jardins des Chartreux, de Saint-Just et du Séminaire ; l'établissement d'un boulevard sur l'emplacement des anciennes fortifications de la Croix-Rousse. Quand vint l'effondrement de 1870, Lyon offrit ce spectacle d'une ville de 350.000 âmes dépourvue soudain de toute administration. Les autorités émanées du gouvernement déchu avaient disparu, et nul corps représentant l'universalité des citoyens n'était là pour prendre le pouvoir. Au milieu des désastres qui frappèrent la patrie en deuil, la vieille cité eut au moins cette consolation que ses enfants accomplirent noblement leur devoir. Les légions du Rhône firent partie de l'armée qui, la dernière, déposa les armes, et elles aidèrent la République à conserver à la France un lambeau du territoire alsacien. Depuis le 21 avril 1881, la commune de Lyon a recouvré ses droits un moment méconnus : elle possède un maire et un conseil élus. Que les grands exemples offerts par une histoire de près de deux mille ans, inspirent toujours les successeurs des antiques Décurions, de la vaillante Cinquantaine et des habiles Échevins qui, à travers les âges, ont présidé aux destinées de la ville de Lyon !

ADMINISTRATIONS

ET

INSTITUTIONS LYONNAISES

ADMINISTRATION MUNICIPALE

La ville de Lyon est administrée par un Conseil municipal composé de cinquante-quatre membres, lequel élit le maire et dix-sept adjoints : cinq pour la mairie centrale et douze pour le service particulier des six mairies d'arrondissement.

INSTRUCTION PUBLIQUE

L'enseignement supérieur compte cinq Facultés : théologie, lettres, sciences, droit et médecine.

Il existe, en outre, une école nationale Vétérinaire, une école nationale des Beaux-Arts, une école nationale d'Agriculture et une succursale du Conservatoire national de musique.

Pour l'enseignement secondaire, il y a un lycée de garçons divisé en deux sections, Lyon et Saint-Rambert, et un lycée de filles.

L'enseignement primaire supérieur est donné par la Martinière des garçons et celle des filles, et par six écoles spéciales. Quant à l'instruction primaire, elle comprend 57 écoles municipales de garçons et 61 écoles de filles.

De plus, Lyon possède trois Facultés libres, des lettres, des sciences et de droit ; une École supérieure de commerce et une École centrale industrielle ; quatre établissements d'études classiques, institution des Chartreux, de N.-D. des Minimes, de Saint-Thomas-d'Aquin, et petit séminaire de Saint-Jean ; un établissement d'études commerciales dirigé par les Frères, deux institutions pour les sourds-muets et une pour les aveugles ; une école tenue par la

Société d'instruction primaire ; 35 écoles congréganistes gratuites de garçons et 41 écoles de filles ; de nombreux cours municipaux de langues vivantes et de dessin, et 147 cours pour les adultes, dirigés par la Société d'enseignement professionnel.

BIBLIOTHÈQUES ET MUSÉES

Dix Bibliothèques sont ouvertes au public : la bibliothèque de la Ville (130.000 volumes et 2.400 manuscrits) ; celles du Palais des arts (70.000 volumes et 20.000 estampes), du Musée d'art et d'industrie, de la Chambre de commerce ; et les six bibliothèques d'arrondissement.

Au Palais des arts se trouvent un musée de peinture comprenant trois annexes, galerie des peintres lyonnais, galerie Chenavard et musée Bernard ; un musée de sculpture, un musée lapidaire épigraphique, un musée archéologique et un muséum d'histoire naturelle ; au palais de la Bourse, un musée industriel ; au parc de la Tête-d'Or, un jardin et un conservatoire botanique, et un jardin zoologique.

ASSISTANCE ET PRÉVOYANCE

L'administration des Hospices s'étend sur l'Hôtel-Dieu, l'hôpital de la Croix-Rousse, l'hôpital Saint-Pothin, les hospices de la Charité, de l'Antiquaille, du Perron, de la Guillotière, et sur l'Asile Sainte-Eugénie.

La charité privée a créé un grand nombre d'asiles spéciaux pour les incurables, deux Dispensaires pour les malades et un asile pour l'hospitalité de nuit.

Lyon a deux Caisses d'épargne, celle de Lyon, avec cinq bureaux de quartier et dix-neuf succursales dans le département, et celle de la Croix-Rousse.

Enfin il existe à Lyon plus de deux cents sociétés de secours mutuels et caisses de retraites, comptant près de cinquante mille adhérents.

TABLE